KB102169

변혁 1990

22

천지무천 장편소설

FUSION FANTASTIC STORY

변혁 1990 22권

천지무천 장편 소설

초판 1쇄 찍은 날 § 2016년 10월 11일
초판 1쇄 펴낸 날 § 2016년 10월 18일

지은이 § 천지무천
펴낸이 § 서경석

편집책임 § 배경근

펴낸곳 § 도서출판 청어람
등록번호 § 제1081-1-89호
등록일자 § 1999. 5. 31
어람번호 § 제1-2543호

주소 § 경기도 부천시 원미구 심곡2동 163-2 서경B/D 3F (우) 14640
전화 § 032-656-4452 팩스 § 032-656-4453
http://www.chungeoram.com
E-mail § chungeorambook@daum.net

ⓒ 천지무천, 2013

ISBN 979-11-04-90997-9 04810
ISBN 978-89-251-3388-1 (세트)

변혁 1990

천지무천 장편소설

22

CONTENTS

Chapter 1

  박명준은 러시아를 떠났다.

  지금 당장은 자신이 맡은 일에 충실할 것이다. 하지만 시간이 지나면서 분명 대산에너지는 한계에 부닥칠 것이다.

  그리되면 자신이 주체가 되어 전면에 나서고 싶어 하는 이중호와 불협화음이 생길 수밖에 없었다.

  그때 내가 한 제의가 박명준을 흔들어놓을 것이다. 그가 선택할 시간과 판단은 그리 오래 걸리지 않을 것이다.

  시간은 박명준이 아닌 나의 편이기 때문이다.

코사크의 타격대 4팀이 새롭게 창설되었다.

30명의 대원들은 늠름한 모습으로 보통 사람이라면 참기 힘든 고도의 훈련을 무사히 끝마쳤다.

모두가 특수부대를 거친 용사들이었지만 코사크의 타격대에 들어가기 위해서는 쉽지 않은 과정을 거쳐야만 했다.

육체적인 것은 물론이고 정신적으로 참기 힘든 상황에서 극심한 고통을 이겨내는 훈련을 거쳤다.

전 세계의 특수부대 훈련 프로그램을 입수한 후 그중에서 가장 핵심이 되는 훈련에 코사크 훈련 교관과 송 관장이 새롭게 추가한 훈련이었다.

육체적인 한계상황으로 내몬 이후 정신적인 한계까지 압박하는 훈련에서 지원자 대다수가 떨어져 나갔다.

코사크의 명성과 힘이 커질수록 지원자는 더욱 늘어났다. 지원자는 러시아 군대와 소비에트연방에서 독립한 독립 국가 연합에서 제대하거나 전역한 군인들이 대다수였지만, 동부 유럽에서도 코사크의 명성을 듣고 지원자들이 오고 있었다.

최신형 전투 장비들로 무장한 코사크 타격대는 세계 최고의 특수전 능력과 전투 능력을 보유했다 해도 무리가 없었다.

"4팀은 상트페테르부르크에 배치될 것입니다."

코사크에서 중요한 위치를 맡고 있는 일린의 말이었다.

코사크의 타격대는 현재 모스크바에 1팀이, 2팀은 신의주에, 3팀은 사하공화국의 수도인 야쿠츠크에 주둔하고 있었다.

"음, 다들 불상사 없이 훈련을 무사히 마친 것을 축하합니다. 여러분은 이제 진정한 코사크의 가족이 되었습니다. 코사크는 여러분이 알다시피 러시아 최고의 경호 업체이자 독립적인 전투 집단이라고 볼 수 있습니다. 여러분이 교육을 받은 대로 적대 세력에 대한 체포권과 수사권을 가지고 있는……. 코사크는 여러분과 가족들을 끝까지 책임질 것이고 절대 포기하는 일이 없을 것입니다."

내 말이 끝나자마자 30명의 코사크 타격대는 환호성을 지르며 베레모를 하늘로 집어 던졌다.

1,120명의 타격대 지원자 중에서 끝까지 살아남은 자들의 환호성이었다.

코사크의 대원이 되는 순간부터 그가 어떤 상황이나 최악의 환경에 빠졌다고 해도 코사크는 모든 힘과 수단을 동원하여 대원과 가족을 위험에서 구출했다.

체첸 지역을 방문했던 코사크 대원이 체첸 마피아에게 사로잡혔을 때도, 코사크 사무직 가족이 유럽 여행 중 알바니아 범죄 조직에 납치를 당했을 때도 코사크가 움직였다.

나라에서도 할 수 없었던 일을 회사가 나서서 해결해 주자 코사크 직원들의 충성심은 남달랐다.

코사크는 나의 지시와 명령을 우선시하여 러시아에서 운영되고 있는 회사들의 안전을 도모하는 핵심적인 역할을 담당하는 곳이었다.

코사크에게 수사권과 체포권이 부여되자 회사가 감당할 수 없을 만큼의 의뢰가 쏟아졌다.

러시아에 진출하는 외국 회사들과 안전을 도모하고 싶어하는 부유층 및 외교관들은 비싼 비용을 지급해서라도 코사크의 경호와 경비를 받길 원했다.

한편, 사하공화국의 야쿠티아에 사설 교도소를 짓고 있었다.

코사크와 사하공화국과 합작으로 짓고 있는 교도소에는 나와 코사크에 대항하는 인물들이 수용될 것이다.

코사크에 체포된 인물들은 범죄 혐의가 입증되면 사하공화국으로 보내져 재판을 받은 후 교도소에 수용되게끔 절차를 만들었다.

코사크에게 작은 권력이 부여되어 그 권력을 더 큰 힘으로 만들기 위한 작업이었다.

타격대 대원들에게 격려금을 지급한 후 나는 샤샤가 운영하는 블루문으로 향했다.

그곳에서는 극동의 마피아 조직인 라리오노프 형제들의 블라지미르가 날 기다리고 있었다.

아직 개장 준비가 진행 중인 블루문의 중앙 홀에 내가 도착하자 샤샤와 블라지미르가 자리에서 일어나 날 맞이했다.

내가 의자에 앉기 전까지 두 사람은 서 있었다.

"날 보자고 했다지?"

난 40대 후반의 블라지미르에게 거침없이 말을 놓았다.

"제가 저지른 잘못의 대가는 충분히 보상해 드리겠습니다. 이쯤에서 코사크의 제거 대상에서 절 빼주셨으면 합니다."

블라지미르는 600명의 조직원을 거느린 러시아 최대 조직 중 하나인 라리오노프의 보스였다.

그가 코사크의 타깃이 된 것은 두 건의 사건에 연루되었기 때문이었다.

하나는 사하공화국의 빌류 다이아몬드 광산의 일과 상트페테르부르크의 라두가 자동차 부지 구입 건에 관여한 것이 밝혀졌기 때문이다.

코사크의 전 대원에게 블라지미르의 체포와 저항 시에는 사살을 명령했고, 그 소식이 블라지미르 귀에 들어간 것이다.

그는 급하게 모스크바 제일의 조직인 말르노프의 샤샤에

게 도움을 청했다.

하지만 샤샤 또한 나에게 충성하는 인물이라는 말에 저항을 포기하고 날 찾아온 것이다.

"내가 왜 그래야 하지?"

나의 말에 블라지미르의 미간이 좁혀졌다.

사실 자존심 강한 블라지미르가 자신의 위신을 뒤로한 채 나에게 고개를 숙이며 날 찾아온 것은 솔직히 의외였다.

코사크에게 부여된 수사권과 체포권이 블라지미르에게도 큰 부담으로 적용한 것이다.

더구나 코사크의 표적이 되었던 조직들 모두가 괴멸되어 사라졌다는 것이 그를 이곳으로 이끌었다.

"그럼, 전쟁을 할 수밖에 없습니다."

블라지미르는 내가 이렇게까지 강하게 나올 줄 몰랐다.

"그냥 죽지는 않겠다. 원하는 대로 해주지."

내 말에 샤샤가 긴장이 되었는지 물 잔을 들었다.

라리오노프가 사라지면 명실상부하게 샤샤의 말르노프가 러시아 최대의 조직이 되는 것이다.

"저희 조직은 그렇게 만만하지가 않습니다."

"하하하! 쥐가 많아도 쥐는 단지 쥐일 뿐이야. 난 그 쥐를 잡는 고양이를 한 마리만 가진 게 아니야. 내가 고양이를 풀기 전에 다른 쥐들이 먼저 너와 가족들에게 달려들걸."

굳이 코사크를 동원하지 않아도 블라지미르를 제거할 수 있었다.

이미 블라지미르의 안전 가옥과 아지트를 파악해 놓고 있었다. 더구나 러시아에는 블라지미르의 자리를 노리는 마피아들이 하루가 다르게 늘어나고 있기 때문이었다.

'놈의 말이 맞아. 굳이 코사크를 동원하지 않고도 내 힘을 빼겠지…….'

"제게 원하시는 게 무엇입니까?"

블라지미르는 코사크의 무서움을 잘 알고 있었다. 러시아의 특수부대보다도 탁월한 전투력을 가지고 있는 코사크의 타격대는 마피아의 조직들이 감당할 수 없는 존재였다.

"나는 혼란이 아닌 균형을 원하네."

"균형이라는 것이 무엇을 말하는 것입니까?"

"서쪽은 말르노프가, 중앙은 라리오노프가, 동쪽은 블리노브치가 균형을 맞추어 나가는 것이지."

"저희를 한 곳으로 제한하시겠다는 것입니까?"

"후후! 러시아는 커다란 대륙이지. 그런데도 한 곳만을 보는 건 아닌 것 같은 생각이 들지 않나?"

"중앙 지역은 저희의 근거지가 아닙니다. 그곳으로 진출하려 한다면 전쟁이 일어날 수 있습니다."

라리오노프의 근거지는 극동 지역이었다.

블리노브치가 총격 이후 건강을 회복하지 못하는 틈을 타 라리오노프의 공격이 몰아치자 아주 곤욕스러웠다.

"하하하! 그런데 왜 자신의 지역에서 한참 벗어난 상트페 테르부르크에서 일을 벌였지?"

상트페테르부르크는 모스크바에서 북서쪽으로 700㎞ 떨어져 있었고, 네바 강 삼각주를 차지한 도시로 핀란드 만에 접하고 있었다.

"그건 저의 뜻이 아니었습니다."

"그럼 조직을 제대로 통제하지도 못한다는 말인가?"

곤란한 질문을 연달아 던지자 블라지미르는 곧바로 대답하지 못했다.

잠시 뜸을 들인 블라지미르는 생각이 정리되자 다시 입을 열었다.

"그건 아닙니다. 제 의사를 제대로 파악하지 못해 벌어진 일입니다. 표도르 강 회장님의 일이었다면 저희는 나서지 않았을 것입니다. 조직에 속한 친구들이 일을 매끄럽게 처리하지 못할 때도 있습니다."

"후후! 우습군. 아직도 날 너무 쉽게 보고 있어."

내 말이 끝나자마자 오른편에 앉아 있던 샤샤가 녹음기를 꺼내 들었다.

불안한 눈빛의 블라지미르가 녹음기를 바라보자 녹음기

에서 라리오노프의 이인자에 올라 있는 게오르기의 목소리가 들려왔다.

게오르기는 울먹이는 듯한 목소리로 상트페테르부르크의 코메르 조직과 코사크를 충돌시킨 후 그 틈을 이용하여 자신들이 상트페테르부르크에 진출할 계획을 세웠다는 말을 정확하게 전달했다.

"모든 것은 블라지미르 보스의 지시로 이루어졌습니다. 가능하면 표도르 강 또한 제거할 방법을……."

'게오르기의 목소리가 맞는 것 같은데… 언제 녹음한 거지…….'

블라지미르는 머릿속에 떠오른 의구심을 표정으로 드러내지 않았다.

산전수전을 다 겪은 블라지미르다운 행동이었다.

"이 목소리의 주인공이 누구인지는 모르겠지만 저는 그러한 지시를 내린 적이 없습니다."

블라지미르 자신의 지시와 행동을 부인했다. 그러한 모습을 보고 있는 샤샤의 얼굴에 순간 안타까움이 드러나 보였다.

"그럼, 내가 착각한 것인가?"

나는 샤샤와 블라지미르를 번갈아 쳐다보며 물었다.

"착각하신 것이 아닙니다. 녹음기에 들어 있는 인물은 라리오노프의 이인자로 인정받고 있는 게오르기입니다."

'협상은 글러 먹었군. 내가 먼저 죽나 표도르 강이 먼저 죽느냐만 남은 거겠지…….'

"무슨 말을 하는지 모르겠군. 날 함정에 빠뜨리는 것이라면 이쯤에서 협상을 끝내지."

블라지미르는 샤샤를 노려보며 말했다.

"그게 정답일 것 같군. 진실을 외면하는 인물하고는 더는 협상할 이유가 없지. 후후! 안타깝군. 어느 누군가가 가지고 있던 기회를 상실하면 또 다른 누군가가 그 잃어버린 기회를 얻게 되지."

말을 마친 내가 자리에서 일어나자 오른편의 문이 열리며 게오르기가 걸어 들어왔다.

그 모습에 표정에 변화가 없었던 블라지미르의 인상이 급격하게 구겨졌다.

샤샤와 게오르기는 정문으로 걸어가는 나에게 깊숙이 고개를 숙였다.

"날 어쩌지 못해. 이곳에 데려온 애들이 한둘이 아니거든."

블라지미르는 불안한 표정으로 말했다. 그의 말처럼 블라지미르는 55명의 부하를 경호원으로 이끌고 왔다.

협상을 벌였던 홀 안에도 그가 데려온 경호원 넷이 뒤쪽에 배치되어 있었다.

하지만 블라지미르는 불안했다.

게오르기의 행동이나 표정이 너무나 안정되어 보였기 때문이다.

"날 배신한 대가가 어떠한지 알고 있겠지?"

블라지미르는 게오르기를 향해 차갑게 말했다.

"물론. 그걸 모른다고 할 수 없겠지."

놀랍게도 게오르기의 입에서 평소와 다른 말투가 흘러나왔다.

"후후! 간덩이가 부었군. 여기 있는 샤샤를 믿는 것이냐? 아니면 방금 나간 표도르 강을 믿는 거라면 넌 실수한 것이다. 저놈을 잡아!"

블라지미르는 신경질적으로 뒤에 있는 자신의 경호원들을 향해 말했다.

그런데 그들은 블라지미르의 명령을 받고도 아무런 움직임이 없었다.

"뭐 하는 거냐? 게오르기를 잡아!"

다시 한 번 큰소리로 외쳤지만, 그들은 한결같이 움직이지 않았다.

"처량하군. 기회를 주어도 살리지 못하는 놈이었다니. 자! 식구끼리 처리하라고, 나는 내 몸에 피가 튀는 것이 싫으니까."

말르노프의 샤샤마저 자리에서 일어나 밖으로 향하자 블라지미르는 더욱 불안한 얼굴이 되었다.

"보스의 가족들은 내가 잘 돌봐줄 테니, 편안히 가시길 바랍니다. 그것이 그동안의 인연에 대한 보답인 것 같으니까."

말을 마친 게오르기는 품에서 권총을 꺼내 들었다.

"뭐냐? 이게 무슨 짓이냐?"

"보스가 알고 있던 표도르 강은 우리가 상대할 수 없는 분입니다. 그분은 러시아의 낮과 밤을 모두 장악했으니까……."

"말도 안… 안, 안— 돼!"

탕! 탕!

쿵!

두 발의 총성과 함께 블라지미르의 고개가 테이블에 힘없이 처박혔다.

러시아의 극동 지역에서 막강한 세력을 구축하고 있는 라리오노프를 이끌던 블라지미르의 허무한 죽음이었다.

"후후! 나에게 기회를 주어서 고맙소. 시체를 치워라!"

블라지미르의 시체를 내려다보며 말하는 게오르기의 말에 움직임이 없었던 경호원들이 블라지미르의 시체를 밖으로 옮겼다.

러시아의 밤이 새롭게 재편되고 있었다.

블라지미르가 사라진 라리오노프는 게오르기에 의해 재편되었다.

게오르기는 나에게 충성의 맹세를 하면서 지금까지 자신이 저질렀던 범죄에 대한 자세한 내용을 녹음한 테이프를 나에게 전달했다.

배신은 곧 죽음이었다.

한편 라리오노프가 진행했던 중고 자동차 사업을 라두가 자동차로 모두 넘겼다.

내가 제시한 세 조직의 분할에 라리오노프는 러시아 중부 지역만으로 활동이 제약되었다.

블라지미르가 소유했던 부동산과 비밀 금고에 들어 있던 현금과 귀금속들은 모두 소빈뱅크에서 관리하는 내 개인 금고로 이송되었다.

블라지미르의 재산은 부동산을 포함하여 4억 달러가 넘었고, 프랑스와 영국에도 개인 별장을 가지고 있었다.

마피아가 얼마나 빨리 러시아에서 재산을 불릴 수 있는지를 보여준 사례였다.

러시아에서의 중요한 일들은 모두 정리되었다.

룩오일NY의 설립으로 러시아에 운영 중인 회사들의 지

배구조를 더욱 확고하게 만들었고, 코사크가 일개의 경호 회사에서 향후 러시아의 권력구조에 큰 변수가 될 수 있는 위치로 올려놓았다.

앞으로 코사크는 러시아뿐만 아니라 세계의 주요 국가로 뻗어 나갈 것이다.

한편으로 블라디미르 푸틴과의 관계를 일찌감치 정립한 것이 정치적으로나 전략적으로 큰 소득이었다.

블라디미르 푸틴은 야망이 컸고, 그 야망을 이루기 위해서는 내가 절대적으로 필요했다.

하지만 나는 필요 이상으로 푸틴에게 권력을 주지 않을 예정이다. 그걸 실현하기 위해 향후 푸틴 권력의 핵심이었던 러시아 연방보안국을 장악하기 위한 작전을 진행하고 있었다.

푸틴이 옐친 대통령에 의해서 모스크바에 진출하는 것은 96년 중반이었다.

앞으로 남은 2년이라는 시간이면 충분히 연방보안국을 손에 넣을 수 있었다.

차기 러시아 연방보안국(FSB) 국장이 될 스테파신은 이미 내 사람이었다.

모스크바 공항에 도착하자 나는 정부관리와 외교관들이

이용하는 VIP 통로로 자연스럽게 이동했다.

모스크바 공항경찰까지 날 에스코트하며 VIP 통로로 안내했다.

날 배웅하기 위해 각 회사의 대표들이 공항으로 출동했고, 경호원들까지 합하며 50명이 넘어서는 인원들이 날 호위하면서 VIP 통로로 이동했다.

러시아의 고위 관료들도 이 정도의 인원을 대동하지 못했다.

이미 연락을 받은 공항 관계자는 통로를 개방해 놓았고, 별다른 확인 절차도 없이 나와 일행을 통과시켰다.

항공기에 오르자 기장을 비롯한 승무원들도 나에게 정중히 인사를 건넸다.

내가 일등석 자석에 안내될 때까지 일반 승객들은 탑승하지 못했다.

이것은 내가 원해서 한 일이 아니었다.

돈과 넘볼 수 없는 권력이 생기자 자연스럽게 이루어져 가는 일이었고, 아랫사람들은 그에 맞추어 자발적으로 움직였다.

권력은 정말 살아 움직이는 생물이었다.

Chapter 2

오랜만에 돌아온 집은 편안했다.

아버지와 어머니 비롯한 여동생인 정미가 새롭게 이사한 집은 258평의 대지 위에 지하로는 2층, 지상으로는 3층으로 멋지게 지어진 고급 주택이었다.

북한산 위에서부터 흐르는 계곡이 집 옆으로 흘러가는 집터는 부모님이 소일거리로 농사를 지을 수 있도록 밭도 만들어 두었다.

건평은 330평 규모였고 건물 주변에는 소나무와 잔디가 조화롭게 잘 가꾸어진 정원이 마련되어 있었다.

지하층에는 영화를 좋아하시는 아버지를 위해 영화 감상실과 함께 노래를 즐겨 부르시는 어머니를 위해서는 친구분들과 함께 어울릴 수 있는 노래방을 설치했다.

가족들이 좋아하는 취향들을 존중해서 꾸며진 인테리어와 시설들이었다.

"이게 다 꿈인지 생시인지 모르겠다. 네가 얼마나 돈을 잘 벌기에 이렇게나 좋은 집을 산 거야. 무리한 거 아니냐?"

보름 전에 이사를 끝낸 집에서 생활한 어머니는 얼굴이 활짝 펴져 있었다.

이사하기 전에 집도 나쁘지 않았지만, 지금의 집과는 비교할 수 없었다.

맑은 공기와 함께 주변 경치가 남달랐기 때문이었다.

새로 이사한 집은 서울에서도 보기 드문 환경을 갖춘 곳이었고, 부모님들이 태어나셨던 옛 시골집의 풍경을 떠올릴 만한 장소였다,

1년간의 공사 끝에 완공된 집은 4명의 식구가 살기에는 아주 좋은 환경이었다.

"아니에요. 더 크게 지으려고 했는데, 집이 너무 크면 관리가 힘들어서요."

집 뒤편으로도 땅을 매입해 놓았고, 대지가 150평 정도의

오른편 집은 김만철을 위해 마련한 집이었다.

송관장이 집으로 돌아오고 국내외로 회사 일이 바쁘게 되자 송관장의 집에서 나올 수밖에 없었다.

집으로 돌아와서도 갑작스러운 업무를 봐야 했기 때문에 업무를 볼 수 있는 서재가 필요했다.

"지금도 너무 커. 송희 엄마가 와서 도와주지 않으면 청소하기도 힘들어."

송희 엄마는 김만철의 부인이었다.

김만철이 사는 옆집과는 담이 아닌 단풍나무와 꽃나무로 경계가 이루어졌기 때문에 서로 스스럼없이 오고 갔다.

김만철의 집은 지하 1층과 지상 2층의 양옥집으로, 새롭게 건축한 집은 아니었고 리모델링을 후에 입주한 집이었다.

이 집도 건평이 100평이 넘어가는 집이었기 때문에 세 사람이 머물기에는 컸다.

한국에 오면 티토브 정도 김만철의 집에 머물렀다.

"그러시면 예전 집으로 다시 돌아갈까요?"

"내가 가고 싶어도 아버지가 반대하실걸. 이렇게 볕이 훤하게 들어오고 넓은 정원과 마당을 가진 집을 꿈꿔 오셨잖니."

"어머니는 좋지 않아요?"

"안 좋을 리가 있겠니. 마당에다가 고추도 심고, 가지도 심고 원하는 걸 심고 가꾸니까 아주 좋지. 이게 꿈인가 할 때도 있어서 가끔 허벅지까지 꼬집기도 해."

말을 하시는 어머니의 모습은 정말 행복해 보였다.

"앞으로는 원하는 걸 하고 사세요. 친구분들도 자주 부르시고요."

"그렇지 않아도 네 덕분에 엄마가 힘 좀 주고 산다. 내일도 친목계 모임을 우리 집에서 하기로 했다."

이전에 살던 동네 분들과 친구분들이 모여서 만든 친목을 위한 계 모임이었다.

어렵게 살던 시절부터 서로의 안부를 걱정하며 돕고 살던 분들이었다.

"잘하셨어요, 돈 걱정하지 마시고요. 맛있는 것도 많이 시켜 드시고, 노래도 실컷 부르세요."

"효자 아들 때문에 이 엄마가 정말 호강하며 산다. 한데 가인이와 예인이는 언제 이사 오는 거니?"

지금 이사한 집에서 송관장의 집까지는 10분 거리에 있었다.

송관장의 집도 조만간 개축을 진행할 예정이었다.

집이 오래되고 낡아서 빗물이 새는 곳이 한둘이 아니다 보니 수리하는 것으로는 힘들었다.

새로운 집에 대한 건축비는 그동안 송관장이 모아놓은 돈과 회사에서 복지 차원으로 절반을 지원해 주었다.

생각 같아서는 모든 건축비를 지원하려고 했지만 송관장이 원치 않았다.

은행 빚으로 넘어갈 집을 나로 인해 막을 수 있었다는 걸 알고부터는 더욱 도움을 받는 걸 꺼렸다.

절반의 도움도 거절하려 했지만 내 도움이 아닌 회사의 지원이라는 것을 알자 조금은 편히 받아들였다.

러시아에서처럼 한국도 회사의 중요 인물들과 일정 직급 이상의 인물들에게는 주택구매자금이 지원되었다.

일반 직원들에게는 근속 연수에 따라 차등으로 전세자금을 무이자로 지원했다.

송관장의 집 공사가 끝날 때까지 세 사람은 우리 집에 머물기로 했다. 부모님과 여동생은 1층에, 2층은 송관장의 식구들이 사용하기로 했다.

2층으로 올라가는 문이 별도로 외부로 나 있어서 가족들과 특별히 부딪칠 일이 없어 생활하는 데 불편함이 전혀 없었다.

나는 3층을 사용할 예정이다.

"다음 주에 집 공사가 들어가니까, 이번 주 금요일이나 토요일에 이사할 것 같은데요."

"집도 크니 그냥 여기서 함께 살면 좋을 텐데."

"나중에 결혼하면 쭉 함께 살 건데요. 그리고 공사 기간이 8~9개월은 되니까 그 기간은 이 집에 머물 거예요."

"잘됐네. 네가 잘 되니까 주변 사람들도 잘 되는 것 같아서 내가 기분이 좋아. 송희 엄마도 늘 나한테 고맙다는 말을 입에 달고 살아. 너 아니었으면 한국에 올 수 없었다고 말이야."

김만철의 다른 가족들의 생사도 알아보았지만 다른 사람들은 수용소에서 사망하거나 행방불명된 상태였다.

"앞으로도 많은 사람들을 도우면서 일할 거예요."

"그래야지. 항상 겸손해야 하고, 많이 가졌다고 해서 남을 무시하면 절대 안 된다."

어머니가 늘 내게 하시는 말씀이었다.

"예, 그럴게요."

"저녁은 집에서 먹을 거니?"

"가인이랑 예인이랑 함께 밖에서 먹을 거예요. 그동안 만나지도 못하고 전화만 해서 그런지 가인이가 좀 삐쳐 있거든요."

"3개월이 넘도록 얼굴을 못 봤으니 그럴 만하겠다. 외국에는 이제 안 나가는 거지?"

"예, 당분간은 나갈 일은 없어요."

"네가 잘되어서 좋지만, 너무 바쁜 게 흠이다. 좀 쉬어가면서 일을 해야지."

"바쁜 일은 다 처리했어요. 앞으로는 집에도 일찍 들어올 거예요."

"잘됐네, 아버지도 좋아하시겠다. 피곤할 테니 어서 올라가서 쉬어라."

아버지는 친구분들과 함께 북한산에 올라가셨다. 북한산 자락에 자리를 잡은 이후부터 산 중턱에 있는 약수터를 매일 오르고 계셨던 것이다.

"예, 쉬세요."

내가 머물 3층은 업무를 볼 수 있는 서재와 침실, 그리고 드레스룸을 갖추고 있었다.

거실의 정면으로는 정원의 넓은 잔디밭과 계곡 물이 흘러가는 풍경이 보였고 침실의 창문은 북한산이 한눈에 들어왔다.

넓은 서재에서도 북한산의 멋진 봉우리들이 모습이 그림처럼 펼쳐졌다.

정말 삶의 여유를 만끽할 수 있는 주거 공간이었다.

"좋구나."

세계 여러 나라를 다녀보아도 한국의 풍경이 제일 좋았다.

*   *   *

가인이와 예인이를 만나기 위해 홍대로 나왔다.

두 사람 다 홍대에 볼일이 있어 나보다 먼저 홍대에 와 있었다.

만나기로 한 약속 장소인 '물끄러미'라는 카페에 도착하자 두 사람이 한눈에 들어왔다.

어딜 가나 눈에 띄는 두 사람의 외모 덕분에 쉽게 찾을 수 있었다.

안 보는 사이에 두 사람의 외모가 달라져 있었다.

단발머리였던 가인이는 머리를 더 길러 살짝 웨이브를 주었고, 오히려 예인이가 허리까지 내려오던 머리카락을 어깨 위까지 잘랐다.

둘 다 평소와는 다른 새로운 스타일의 모습으로 바뀐 것이다.

예인이가 이전보다 좀 더 발랄한 모습이 되었다면 가인이는 한층 여성미가 물씬 풍겨왔다.

"이야! 못 보던 사이에 더 예뻐졌네."

"흥! 얼굴 보기가 하늘의 별 따기만큼 힘들어."

가인이는 날 보자마자 사이다의 탄산처럼 톡 쏘아붙였다. 전화는 자주했지만, 매번 보고 싶다는 말을 하며 빨리

오라는 소리를 했다.

"미안하고 또 미안합니다. 대신 올해는 외국에 더는 나갈 일이 없습니다."

"정말?"

가인이는 내 말에 환한 이를 드러내며 물었다.

"후후! 그래."

나는 웃으면서 가인의 옆에 앉았다.

"정말 잘 됐다. 오빠가 없으니까 너무 심심하고 재미가 없어 혼났어."

예인도 내 말에 반색하며 좋아하는 기색을 숨기지 않았다.

"친구들도 있잖아. 꼭 내가 있어야 심심하지가 않아?"

"그걸 말이라고 해. 마음이 텅 빈 것 같았다니까."

내 말에 가인이가 대답했다.

"가인이야 그렇다 치고, 예인이도 마음이 텅 빈 것 같았니?"

"텅 빈 것까지는 아니지만 걱정되고 신경이 많이 쓰였지. 오빠가 꼭 어떨 때는 아빠처럼 느껴지기도 하거든. 옆에 없으면 무척이나 아쉽고 그리운 존재라고 해야겠지."

수줍은 듯 옅은 미소를 띠며 말하는 예인의 모습이 무척 아름다웠다.

"미래의 가족으로서 관심이 가는 건 당연한 거야."

가인이는 예인이의 말이 당연하다는 듯이 말했다.

"하긴 예인이가 미래의 처제가 될 테니까. 다들 그동안 어떻게 지냈어?"

"대학에 들어가면 공부가 좀 줄어들 것 같았는데 그게 아니더라고. 만날 도서관에서 살았지. 가끔 미술관에 가긴 했지만."

예인이는 내 말에 찰나였지만 웃음이 사라졌다가 다시금 환하게 웃으면서 대답했다.

"아직 1학년인데 좀 더 놀아도 되지 않아?"

공부만 했다는 소리에 안쓰러웠다.

"예인이가 내년 사법시험에 한번 도전해보고 싶대."

"어! 사법시험에?"

가인이의 말에 난 놀라 물었다.

법대 출신들의 최종목표는 결국은 사법시험이었지만 재학 중에 사법시험에 응시한다는 것은 쉽지 않은 일이었다.

빡빡한 학과 공부는 물론이고, 사법시험 준비까지 진행하기는 너무 힘들고 시간이 부족했다.

"그냥, 시험이 어떤 형식으로 치러지는지 맛만 보려는 거야. 공부도 그렇게 열심히 하지도 않았고."

예인이는 별것 아니라는 듯한 말투였지만 분명 최선을 다하고 있을 것이다.

예인이는 법학이 자신과 맞는지 대학에 들어와서 더욱 열심히 공부했고 재미있어 했다.

"그래도 대단하다. 사법시험은 보통 3~4년은 준비한대 생각하고 공부해야 하는 것 아닌가?"

"예인이는 특별하잖아. 법학과에서 최고의 수재로 이름을 날리고 있는데. 성적도 올 A 이상이고."

가인이의 말처럼 예인이는 법학과 궁합이 잘 맞는지 성적도 최고였고 법대 교수들의 사랑을 한몸에 받고 있었다.

"예인이야 그렇다 치고 가인이 너는 성적이 어떤데?"

"나?"

"그래. 나 때문에 경영학과에 들어간 거잖아. 공부는 재미있는지 알고 싶어서."

"나는 뭐 그렇지."

가인이는 말을 흐렸다.

"왜? 성적이 안 좋아?"

가인이는 원래 의대를 생각했었다.

"언니가 이번에 B+받은 과목 때문에 교수님을 찾아가겠다고 벼르더라고."

"그럼 나머지는 다 A 이상이야?"

내 말에 가인이가 고개를 끄덕였다.

"야, 남들이 들으면 욕하겠다. 나도 B 학점 받은 과목이 한두 개가 아닌데. 더구나 경영학과가 학점 짜기로 유명하잖아. 그 정도 성적이면 학과 톱 아냐?"

내 질문에 다시금 가인이의 고개가 끄떡여졌다.

"그래도 B+이 나온 건 좀 그래."

두 사람은 같은 과 학생을 경쟁 상대로 보지 않는 것 같았다. 실질적으로 가인이와 예인이 두 자매가 서로의 경쟁 상대였다.

"너무 공부에만 신경 쓰지 말고 학창 생활을 즐겨. 그게 나중에 남는 거다. 예인이는 아직 남자친구가 없는 거야?"

"응, 내가 눈이 너무 높은가 봐. 솔직히 그냥 이렇게 지내는 게 편해."

그때였다.

카페에 있던 사람들의 웅성거림이 커졌고 다들 삐삐를 확인하고 있었다.

나 또한 삐삐가 울렸다.

그때 음악이 들려오던 스피커에서 속보를 전하는 뉴스진행자의 급한 멘트가 흘러나왔다.

"북한의 김일성 주석이 사망했습니다."

모처럼 가인이, 예인이와 가진 만남을 뒤로 한 채 회사로 향할 수밖에 없었다.

올해 김일성 주석의 서울 방문 이후 김영삼 대통령이 다음 달에 평양을 방문하기로 되어 있었다.

원래 김일성은 1994년 7월 8일에 심근경색에 따른 심장마비로 사망했다.

한데 실제 역사와 달리 10개월이나 일찍 사망한 것이다.

신의주 특별행정구사업부가 있는 여의도로 향하는 택시 안에서 여러 가지 생각들이 머리를 복잡하게 했다.

'역사대로 자연사한 것인가? 아니면 암살⋯⋯.'

택시 안에서 켜놓은 라디오에서는 김일성 죽음에 대한 뉴스가 계속해서 흘러나왔다.

아직 사망에 따른 정확한 사인에 대한 정보가 들어오지 않고 있다는 말과 함께 청와대에서는 긴급 안보장관 회의가 소집되었다는 뉴스를 전했다.

"이게 웬일이래. 서울에 왔을 때 보니까 백 살까지 살 것 같던데."

택시를 운전하는 택시기사도 갑작스러운 김일성의 죽음에 놀란 것 같았다.

그때였다. 아나운서가 급하게 들어온 소식을 전하기 시작했다.

—김영삼 대통령은 김일성 주석의 사망과 관련되어 북한에 모종에 사태가 발생되었다는 정보당국의 보고를 받은

후 전군에 비상경계령을 하달했습니다. 이에 따라 군 당국은 전군에 데프콘 3을 발령했습니다. 경찰에도 병호 비상이 내려진 가운데…….

데프콘(Defcon)은 대북 전투준비 태세를 뜻하며 모두 5단계로 나뉜다. 숫자가 낮아질수록 전쟁 발발 가능성이 크다는 것을 의미하며, 데프콘 3가 발령되면 한국군이 가지고 있는 작전권이 한미 연합 사령부로 넘어가고, 전군의 휴가 및 외출이 금지된다.

경찰의 병호 비상은 주로 일반 재난 재해나 질서 혼란이 우려될 때 발령되며 경찰력의 30%가 비상근무 태세를 유지한다.

"아이고! 정말 북한에 무슨 일이 났나보네."

'설마, 쿠데타가 일어난 것은 아니겠지?'

"아저씨, 빨리 좀 가주십시오. 돈을 두 배로 드릴 테니까요."

"알겠습니다. 회사에 난리가 났나 봅니다."

"예."

택시 기사는 내 말에 택시의 속도를 올렸다.

내 연락을 받은 직원들이 급하게 회사에 나와 보고 자료를 취합하고 있었다.

"신의주와 연락이 됐습니까?"

한국 신의주 행정사업부의 서종인 이사에게 물었다. 그는 신의주 특별행정구의 지원사업부를 총괄하고 있었다.

"아직 연락이 되지 않고 있습니다."

김일성 사망 소식이 알려진 후 신의주 특별행정구와의 통신도 끊긴 상태였다.

"신의주 쪽에 별다른 이상 징후가 없었습니까?"

"예, 특별한 상황은 없었습니다. 자재와 인력을 수송하는 온누리호도 평소처럼 왕래했었으니까요."

서종인 이사도 당황스러운 표정이 역력했다. 이번 김일성 사망에 따른 일련의 사태들은 사전에 아무런 징후가 없었다.

"알겠습니다. 연락을 계속해보십시오."

"예, 연락되는 대로 말씀드리겠습니다."

서종인 이사가 사무실에서 나간 후 나는 안기부의 박영철 차장에게 전화를 걸었다.

─지금 막 전화하려던 차였습니다."

"어떻게 된 일입니까?"

─평양에서 모종의 군사적인 움직임이 있었던 것 같습니다. 평양 중심가에서 총소리가 들려왔다는 첩보도 입수되었습니다. 북한군의 전방 군단들은 움직임이 없습니다만, 서흥군에 주둔 중인 815 기계화군단 소속의 전차들이 평양

으로 향하는 것 같습니다.

'평양 방위사령부가 일을 저지른 것일까? 하지만 그쪽은 신의주 사태로 인해 상당한 물갈이가 이루어졌는데…….'

박영철 차장의 말에 머릿속이 더 복잡해졌다.

그때 테이블에 있던 인터폰이 울렸다.

"잠시만 기다려주십시오."

수화기를 내려놓고 인터폰을 들었다.

"모스크바에서 전화가 걸려왔습니다. 2번으로 받으시면 됩니다."

비서실 직원의 말에 2번을 눌렀다.

─보리스입니다. 신의주 특별행정구는 코사크의 통제하에 있습니다. 한데 중국과 연결되었던 압록강철교(조중우의교)가 북측에 의해 통행이 중단되었다고 합니다.

"코사크 타격대를 준비하십시오. 제가 지시하면 곧바로 출발하십시오."

─타격대 모두를 준비할까요?

"1팀과 4팀만 준비하십시오."

1팀은 모스크바에 배치되었고 4팀은 상트페테르부르크에 배치될 예정이었다.

─알겠습니다. 다시 연락드리겠습니다.

코사크 정보센터의 보리스 실장과의 전화를 끝내고 다시

금 박영철과 이야기를 나누었다.

"기다리게 해서 미안합니다. 러시아 쪽은 신의주와 연락이 끊기지 않았습니다. 신의주 특별행정구는 별다른 일이 없는 것 같은데 중국과 연결된 압록강 철교를 북측에서 통제했다고 합니다."

―음, 상황이 묘하게 돌아가는 것 같습니다. 김평일의 권력이 공고하다는 평가가 나오는 중 일어난 일이라서 정부도 당황스러워하고 있습니다.

박영철의 말처럼 김평일이 권력을 잡는 과정에서 여러 가지 사건이 발생했고, 그 일들을 해결하는 과정에서 더욱 자신의 권한을 강화했다.

한편으로 김정일은 거의 식물인간 수준이 되었고 그 측근들 상당수가 신의주 사태로 인해서 권력층에서 쫓겨났다.

북한 주민들도 민생에 더욱 힘을 쓰는 김평일을 지지하며 그에게 힘을 보탰다.

여러모로 김평일에게 유리한 상황이었다.

"전방이 조용하다는 것은 김평일이 군을 통제하고 있다고 볼 수 있습니다. 815 기계화군단의 움직임도 통상적인 작전의 하나일 수 있고요. 좀 더 시간을 갖고 상황을 지켜봐야 할 것 같습니다."

김정일의 세력이 다시금 일을 벌이기에는 시간이 부족했

고 세력이 축소된 상태였다.

문제는 김평일의 정책에 불만을 가진 군 원로들과 군부 세력이 저지른 일일수도 있었다.

정보가 부족한 지금은 모든 걸 시간을 두고 지켜봐야 할 때였다.

ㅡ그럴 수도 있겠습니다. 새로운 정보가 분석되는 대로 다시 연락드리겠습니다.

"예, 연락주십시오."

딸각!

박영철과 전화를 끊고는 김일성의 죽음을 다시금 생각해 보았다.

김평일의 든든한 방패막이 역할을 해주고 있던 김일성의 죽음은 김평일에게는 좋은 일이 아니었다.

몇 년간 더 살아서 확고한 권력을 김평일에게 넘겨주었다면 북한은 지금보다 안정을 찾을 수 있었을 것이다.

'김영삼 대통령의 평양 방문까지 이루어졌으면 좋았을 텐데… 한데 누가 저지른 일일까?'

김일성의 사망이 자연사가 아니라면 심각한 일이었다.

Chapter 3

　김평일은 평온한 표정으로 유리관 안에 누워 있는 김일
성을 내려다보았다. 자신의 아버지이자 북한 통치자의 마
지막은 평탄치가 않았다.

　'우려했던 일이 현실로 일어났군…….'

　김평일의 얼굴은 슬픔보다는 아쉬움이 더 컸다. 몇 년만
더 살아 계셨더라면 앞으로 자신이 이룩해 나갈 일들을 아
버지에게 자랑스럽게 보여주고 싶었다.

　아버지가 인민에게 약속했던 흰 쌀밥에 고깃국을 실컷
먹을 수 있는 나날들을 말이다.

"조금만 더 살아 계셨더라면……."

마지막 말을 끝으로 김평일의 눈동자가 촉촉하게 젖어들었다.

오늘 밤 내내 아버지의 곁을 지키고 싶었지만, 지금은 그럴 수가 없었다.

자신의 정책을 반대하고 목숨까지 노리는 세력을 뿌리째 뽑아야만 했기 때문이다.

"아버지의 복수는 제가 반드시 하겠습니다."

말을 마친 김평일이 뒤를 돌아보자 듬직하게 서 있는 임범이 기다리고 있었다.

임범이 아니었다면 자신도 김일성이 누워 있는 관 속에 들어갔을 것이다.

임범은 자신에게 김정일의 통치 자금과 연관된 서류를 가져온 은매화에게 소개받은 인물이다.

은매화는 김정일의 그림자 부대를 이끈 인물이었다. 그림자 부대는 김정일에 반기를 드는 인물들을 찾아내 법의 절차 없이 제거하는 일을 했다.

그림자 부대에 당한 인물들 대다수가 사고사로 위장되어 살해당했다.

은매화가 소개해 준 임범은 한마디로 괴물이었다. 김평일의 호위 무관 열 명이 달려들어도 임범의 옷자락 하나 건드리지 못한 채 나가떨어졌다.

　북한의 최고 권력 선상에 앉은 김평일의 호위 무관들은 보통의 인물들이 아니었다. 그런 인물들을 가지고 놀 듯 다루는 임범의 수법은 괴이하면서도 놀라울 뿐이었다.

　임범, 그는 신의주 특별행정구에서 송 관장을 비롯한 나머지 세 사람을 상대했던 인물이었다.

　흑천!

　김평일이 손에 넣은 두 글자가 김일성의 죽음과 연관된 단서였다.

　김평일이 김일성을 죽인 암살자를 사로잡았지만, 그 자리에서 독극물을 삼켰고 끝내 살리지 못했다.

　"이들은 어디에 있는 거지?"

　"남한에 자리 잡고 있습니다."

　김평일의 물음에 대답을 하는 인물은 다름 아닌 은매화였다.

　"아니, 어떻게 휴전선을 넘어올 수 있는 거야?"

　"저들 조직에 속해 있는 인물들은 보통 사람으로 생각하시면 안 됩니다. 이중, 삼중의 철조망과 총을 든 병사들이 지킨다 해도 흑천의 인물들에게는 그다지 위협이 될 만한 요소가 되지 못합니다."

"그럼 지금까지 놈들이 이곳을 제집 드나들 듯이 했단 말인가?"

"예. 김정일 위원장 동지께서 끌어들이셨지요. 하지만 처음뿐이었고, 그다음부터는 놈들이 멋대로 행동했습니다."

"후후! 웃긴 이야기야. 전 세계에 어느 나라도 함부로 할 수 없는 공화국이 일개 집단에 농락을 당했다는 게 말이 된다고 생각하나?"

김평일은 이해할 수 없다는 표정이었다.

"말이 되지 않는 이야기만 그게 현실입니다. 흑천은 남한에서도 그 정체를 알고 있는 사람들이 극히 드뭅니다. 어느 정도의 인원이 있는지 어디에 존재하는지를요."

"공화국 내에도 흑천에 속한 인물들이 있나?"

"있었지만 단절된 것으로 알고 있습니다. 여기 계신 임 사범님께서도 흑천에 속한 문파였지만 이젠 그들과 아무런 관계가 없습니다."

은매화는 임범에게 모든 걸 배웠다. 임범은 30대 중반의 나이로 보였지만 실제로는 오십에 가까운 나이였다.

누구도 그의 나이를 알지 못했고 임범 또한 알려주지 않았다.

"그럼, 흑천과 연관된 인물들은 없다는 거야?"

"흑천에 소속된 인물은 없겠지만, 관계를 맺고 있는 인물들은 분명 있을 것입니다. 흑천의 뿌리는 공화국의 역사보다도 훨씬 깊습니다. 수령 동지께서도 공화국을 설립하실 때 흑천의 도움을 받으셨으니까요. 흑천은……."

은매화는 자신이 알고 있는 흑천에 대한 이야기를 김평일에게 들려주었다.

"음, 놈들을 제거할 방법은 없는 건가?"

"저희 쪽에서 흑천의 본거지를 찾기 위해서 비밀리에 요원들을 남쪽으로 파견한 적이 있었습니다. 그런데 살아서 돌아온 자가 단 한 명도 없었습니다."

"그렇다면 지금 내가 할 수 있는 일이 없다는 것인가?"

"현재로써는 그렇습니다. 우리가 훈련시킨 특수 요원들도 놈들을 상대할 수 없었습니다. 누구를 보낸다 해도 그건 마찬가지이기 때문입니다."

"임 사범을 보낸다 해도 말인가?"

김평일도 임범을 임 사범이라 불렀다.

"임 사범님은 다르겠지만, 그리되면 국장 동지를 지킬 수가 없습니다. 국장 동지께서도 놈들이 얼마나 대단한지를 겪어 보시지 않았습니까?"

"……."

은매화의 말에 김평일은 말없이 고개를 끄떡였다.

김일성과 마찬가지로 김평일도 암살자의 습격을 받았다.

모두 세 명이었는데 그중 한 명은 사살되었고, 또 하나는 임범에게 죽임을 당했다.

그러나 마지막 한 명은 겹겹의 포위망을 유유히 뚫고 사라졌다.

더구나 김평일의 호위를 맡고 있던 격술의 고수인 이혁수가 놈들과의 대결로 크게 다쳤다.

임범이 아니었다면 이혁수는 죽음을 면치 못했을 것이다.

그만큼 흑천의 인물들은 보통 사람이 가지고 있지 못한 움직임과 파괴력을 지니고 있었다.

"임 사범과 같은 인물들이 공화국 내에는 없단 말인가?"

"수령 동지께서 지금껏 그 싹을 철저하게 자르셨지요. 제가 알고 있는 바로는 없는 걸로 알고 있습니다."

김일성은 자신을 위협할 존재인 흑천과 백야의 인물들을 철저하게 말살하는 정책을 폈다.

백야의 인물들은 일제강점기 때 독립운동과 한국전쟁을 거치면서 큰 희생을 당해 맥이 끊기다시피 했다.

흑천 또한 김일성의 탄압을 피해 대거 남한으로 넘어갔다.

그때였다.

뒤쪽에서 조용히 말을 듣고 있던 임범이 입을 열었다.

"나를 상대할 만한 인물이 북한에도 4명이 있었습니다."

"그게 무슨 말이지?"

김평일이 임범의 말에 놀라 물었다.

"솔직하게 말씀드려야겠군요."

김평일의 질문에 대신 대답을 한 것은 은매화였다.

"사실 신의주 특별행정구의 장관인 강태수를 습격한 사건의 주인공은 임 사범이었습니다. 김정일 위원장 동지의 명령으로……."

은매화는 김평일에게 말하지 않았던 이야기를 털어놓았다. 그녀의 이야기가 계속될수록 김평일의 눈동자가 점점 커져갔다.

김정일과 연관된 조직들을 색출하고 정리했지만 그건 겉으로 드러난 것일 뿐이라는 것을 은매화의 이야기를 통해 알게 되었다.

김정일이 정권을 잡고 있던 기간 동안 그를 따르던 인물들이 생각보다 많았고, 우상화 교육을 통해 맹목적인 충성을 할 수 있도록 만들어냈다.

김정일의 꼭두각시들이 요소요소에 심어져 있었다.

김일성을 경호하던 1호 호위총국에도 그러한 꼭두각시가 모습을 드러냈고 암살자의 길잡이가 되어준 것이다.

김일성의 직접적인 사망 원인은 호흡곤란에 의한 심장마

비였지만, 그의 목덜미에서 발견된 침에는 벌침의 독이 발라져 있었다.

일반 사람이라면 피부가 빨갛게 붓는 정도로 끝나지만, 김일성은 벌독 알레르기가 있었다.

벌독 알레르기에 대한 가벼운 증상으로 피부 두드러기가 있으나 심하면 저혈압, 의식불명, 천식발작, 호흡곤란, 복통 등이 나타날 수 있었다.

김일성이 벌독 알레르기가 있었다는 것은 김평일도 모르는 일이었다.

'은매화를 어디까지 신뢰해야 할까?'

김평일은 고민하고 또 고민했다.

은매화가 이끄는 그림자 부대에 대한 정확한 정보가 김평일에게는 없었다.

사실 김정일의 그림자 부대는 김일성에게 물려받은 것이었다.

그림자 부대는 북한의 통치 수단 중 하나로 정권에 해가 되는 인물과 조직을 괴멸시키기 위해 만든 비밀 조직이었다.

30년 동안 이들에 의해 살해당한 북한의 권력 인사들은 셀 수 없이 많았다. 그러다 보니 그림자 부대는 김일성, 김정일 부자가 숨기고 싶은 치부를 알고 있었다.

그 치부가 국내외로 알려진다면 북한 정권의 근간이 흔들릴 수 있었기 때문에 김일성은 한때 그림자 부대를 없애려고 했다.

그러나 김정일 체제에서 그림자 부대는 정권 유지에 있어서 없어서는 안 될 조직이었다.

"음, 흑천과 김정일이 심어둔 꼭두각시들을 잡으려면 은매화가 필요하겠지……. 하지만 그 후에는……."

김평일에 머릿속에 떠오른 단어는 토사구팽이었다. 은매화와 그림자 부대는 구정권의 부산물이었다.

자신이 이끌어가는 시대는 분명 달라져야만 했다.

공포와 구속의 세대는 김정일로 끝이 나야만 북한은 희망이 있었다.

김평일은 유럽의 나라들에서 보았던 자유와 여유를 이 나라에 가져오고 싶었다.

희망이 단절되었던 이 나라에…….

"위대한 영도자이시며 영원한 인민의 어버이이신 김일성 수령 동지께서 어제저녁 운명하셨습니다. 인민을 위해……."

북한의 아나운서는 울먹이는 목소리로 김일성 주석이 업무를 보던 중 과로가 겹쳐 심장마비로 사망했다고 공식적으로 발표했다.

정부의 발표와 달리 북한에는 군사적인 행동은 일어나지 않았고 휴전선 전방도 별다른 움직임이 없었다.

북한 당국은 공식적인 김일성 주석의 사망 발표 이후 차분하게 장례 절차에 들어갔다.

데프콘 3을 격상되었던 대북 전투 준비 태세도 평상시인 데프콘 4로 내려왔다.

달라진 남북관계 때문인지 이례적으로 김영삼 대통령은 김일성 주석의 사망에 대해 유감을 표시했고 여야의 정당들도 애도를 표했다.

한때 통신이 중단되었던 신의주 특별행정구와의 연락도 재개되었다.

"통신 중단을 엄중히 항의하십시오. 또한 앞으로는 북한을 거치지 않는 위성통신을 별도로 운영할 수 있게 준비를 하십시오."

신의주 특별행정구의 행정국장으로 승진한 이태원 국장에게 지시했다.

ㅡ예, 알겠습니다. 북측에서도 상당히 미안함을 표해 왔습니다. 그리고 장관님께서 김일성 주석의 장례식에 참석해주시길 공식적으로 요청을 했습니다.

"참석하겠다고 전해주십시오. 장례식 참석을 위해 알아

서 올라가도록 하겠습니다."

—예, 기다리겠습니다.

이태원 국장과 전화를 끊고는 앞으로의 북한에 대해서 생각했다.

김정일은 이미 식물인간 상태였고 그의 추종 세력은 꼬리를 내린 상태였다.

이번 김일성의 사망과 연관된 정보들을 수집하고 있었지만, 그의 죽음을 명확하게 판단할 수 있는 정보가 부족했다.

'뭔가 이상해……. 분명 김일성의 건강 상태는 나쁘지 않았었어.'

김일성을 직접 보았었고 그와 대화를 장시간 나누기도 했다.

그때 느꼈던 것은 김일성은 생각했던 것보다 건강했고 활력이 넘쳤었다.

그가 서울을 방문했을 때에도 피곤한 기색 없이 일정에도 없는 사람들을 만나고 여러 장소를 추가로 방문했었다.

더구나 김일성의 곁에는 항상 전담 의료진이 뒤따랐다.

"평양에 있는 집무실에서 사망했다고 했는데 그곳에는 의료진이 상주해 있는……."

금수산의사당(주석궁)의 김일성 집무실에는 항상 의료진

이 대기하고 있어 응급조치가 늦지만 않는다면 목숨까지 잃지는 않았을 것이다.

"음, 의료진도 감당할 수 없는 일이 벌어졌다는 것인데……."

여러 경황과 생각을 정리할수록 김일성의 사망에 대한 의구심만 샘솟았다.

실제 김일성이 사망했을 시에는 전담 의료진과 떨어진 상황에서 묘향산 별장에 머무르다 심근경색이 발생하여 병원으로 옮기는 것도 늦어졌었다.

하지만 주석궁에서 업무를 보다가 사망했다는 것은 뭔가 평소와 다른 일이 발생하지 않고서야 김일성을 죽음에 이르도록 내버려두지 않았을 것이다.

안기부의 박영철 차장은 주석궁과 김평일의 집무실인 남산동의 노동당 1호 청사에서 총격전이 있었다는 첩보를 확인했다고 했다.

그 때문에 정부는 데프콘 3을 격상해 대북 전투 준비 태세를 강화했었다.

"아무리 생각해도 김일성의 죽음은 석연치가 않아……."

그때였다.

윙~! 윙!

책상에 올려놓은 삐삐가 울렸다.

삐삐에 찍힌 번호는 처음 보는 전화번호였다. 내가 지닌 삐삐번호를 알고 있는 인물들은 그리 많지 않았다.

신뢰가 가지 않는 사람 외에는 삐삐번호를 알려주지 않았기 때문이다. 그래서 특별한 경우를 제외한 대부분은 내가 알고 있는 전화번호가 액정화면에 떴다.

또한 나에게 긴급한 연락을 할 때만 표시되는 기호가 남겨져 있었다.

마심쩍은 번호였지만 그냥 넘기기에는 왠지 마음에 걸렸다.

'누구지? 이걸 아는 사람은 몇 사람뿐인데……'

궁금증이 증폭되자 수화기를 들고 연락을 바라는 전화번호를 눌렀다.

3번의 통화음이 들린 후에 수화기 너머로 목소리가 들려왔다.

─강태수 회장님이십니까?

수화기 속에서 다짜고짜 들려온 목소리는 젊은 여자였다.

"누구십니까?"

─북쪽에서 왔습니다. 만나 뵙고 긴히 드릴 말이 있습니다.

예상치도 못한 말이 수화기를 통해 전달되었다.

"누가 보냈습니까?"

―만나 뵙고 말씀드리겠습니다. 10분 뒤 여의도 광장 북쪽 매점 앞에서 뵈겠습니다.

뚜뚜― 뚜!

전화가 일방적으로 끊겼다.

전화 속의 여자는 내가 현재 어디에 있는지를 알고 전화를 한 것이었다.

북쪽 광장에 있는 매점을 향할 때 김만철과 티토브 정이 동행했다.

경호원들은 3분 거리를 두고 뒤를 따랐다.

이제는 한국에서도 특별한 경우가 아니면 경호원들이 따라붙었다.

"무슨 일이기에 이런 상황에서 내려온 건지 모르겠네."

김만철은 김일성 주석이 사망한 가운데 남쪽으로 내려온 인물의 목적을 궁금해했다.

"그렇게 말입니다. 특별한 일이 아니고서야 이런 상황에서 절 만나러 왔다는 것이 보통 일은 아니겠지요."

나 또한 무척이나 궁금했다.

평일인데도 여의도 광장에서 자전거를 타는 시민들이 적지 않았다.

여의도 광장은 1968년에 시작된 여의도 개발계획에 따라

여의도 주변에 둑이 축조된 후 1972년에 광장이 조성되었다. 면적은 약 22만 9539㎡(약 7만평)이고 1997년 여의도광장의 공원화 사업을 추진하여 1999년 1월에 여의도공원으로 새롭게 태어났다.

매점 주변으로 여러 개의 간이 테이블이 펼쳐져 있었고 그곳에서 사람들이 김밥이나 컵라면을 먹고 있었다.

그중에서 검은 선글라스에 멋진 가을 코트를 입고 있는 젊은 여자가 눈에 들어왔다.

주변에는 그 여자 외에는 다들 여학생과 남자들뿐이었다.

"저 여자 같은데요."

김만철이 젊은 여자를 가리키며 말했다.

"여기서 기다리십시오."

"수상한 움직임이 있으면 신호를 주십시오."

"알겠습니다."

김만철과 티토브 정은 나를 지켜볼 수 있는 장소에서 여자를 감시했다.

걸어오는 날 발견한 여자는 선글라스를 벗어 테이블에 올려놓았다.

그녀는 다름 아닌 북한의 그림자 부대를 이끌고 은매화

였다.

"전화를 하신 분입니까?"

"예, 제가 전화를 드렸습니다. 은매화라고 합니다."

은매화는 당돌하게 자신을 소개하며 나에게 손을 내밀었다.

"북에서 내려온 것이 맞습니까?"

나는 은매화가 내민 손을 잡으며 물었다.

"예, 김평일 주석 동지의 명령으로 강 회장님을 만나러 온 것입니다."

은매화는 김평일을 주석 동지라 칭했다. 김평일 이제는 북한의 최고 권력자가 되었다는 말이었다.

"급한 일인가 봅니다. 장례식에 참석할 예정인데도 이렇게까지 급하게 절 찾아온 것 보니 말입니다."

"예, 급한 일입니다. 김일성 주석께서는 공식 발표와 달리 암살을 당하셨습니다."

내가 예상했던 대로였다.

"음, 누가 저지른 일입니까?"

"그다지 놀라지 않으시는군요.?"

은매화가 생각했던 것보다 내가 놀라지 않자 의외라는 표정으로 물었다.

"어느 정도 예상을 했습니다. 심장마비라고는 하지만 응급 의료팀도 있는 상황에서 갑작스럽게 질병으로 사망하실 분은 아니셨으니까요."

"역시 강 회장님은 소문에 듣던 대로 보통 분이 아니십니다. 주변의 눈도 있고 하니 이제 평일 씨라고 칭하겠습니다. 평일 씨가 부탁한 말을 강 회장님께 전하겠습니다. 이번 일은 평일 씨의 형이 만들어낸 꼭두각시들이 흑천과 손을 잡고 저지른 일입니다."

"방금 뭐라고 했습니까?"

김일성의 죽음보다 흑천이라는 말이 더 충격적이었다.

"김정일이 심어둔 꼭두각시와 흑천이라는 무리가 만들어 낸 사건입니다."

은매화는 다시금 정확하게 김일성의 죽음과 연관된 조직을 말해주었다.

'흑천이 북한에도 존재하는 것인가? 특별행정구에서 우리를 습격했던 인물은 흑천의 인물이 아니라고 했는데……'

흑천에 속한 인물들은 자신들의 존재를 부인하지 않았다. 그들은 자신이 흑천에 속해 있다는 것을 크나큰 영광으로 생각했고 선택되었다고 여겼다.

"흑천이라는 조직은 북한에 있는 것입니까?"

나는 흑천에 대해 알고 있다는 말을 하지 않았다.

"아닙니다. 북한에도 한때 존재했지만, 지금은 그 명맥이 모두 끊겼다고 봐야 합니다. 흑천은 이제 남한에만 존재합니다."

은매화의 말이 사실이라면 내가 알고 있는 흑천이 김일성의 암살에 관여한 것이 분명했다.

"꼭두각시는 무엇입니까?"

"김정일이 만들어낸 친위 조직입니다. 집권 초기부터 김정일에게 맹목적인 충성을 하도록 세뇌된 조직이라고 보시면 됩니다. 이들은 북한의 당, 군, 행정조직에 스며들어서 김정일의 권력 체제나 그의 신변에 이상이 발생할 때 행동하는 것으로 파악되었습니다. 하지만 얼마나 많은 인물들이 꼭두각시로 심어져 있는지는 누구도 모릅니다."

김정일은 권력을 잡은 날부터 자신의 권력을 공고히 하기 위해서 특별한 일을 행했다.

자신에게 맹목적인 충성을 바칠 젊은 인물들을 선별해 특별한 교육과 세뇌 과정을 거쳐 비밀리에 북한의 모든 기관에 심어놓았다.

이들은 김정일의 신변에 이상이 발생할 때만 움직이도록 명령을 받았고, 김정일을 위해서라면 어떠한 일도 저지르도록 세뇌가 되어있었다.

"그렇다면 평일 씨가 위험하다는 뜻입니까?"

"예, 위험은 늘 존재할 것입니다. 꼭두각시들을 제거하는 작업에 들어갔지만, 시간이 꽤 걸릴 것입니다. 의식을 잃기 전 김정일의 마지막 명령이 평일 씨의 제거였습니다."

"그런데 왜 평일 씨가 아닌 그의 아버지를 노린 것입니까?"

"평일 씨도 습격을 받았습니다. 그의 아버지는 꼭두각시가 아닌 흑천의 복수로 보고 있습니다. 흑천이 꼭두각시를 이용한 것이지요. 평일 씨의 아버지는 흑천을 탄압하고 제거하기 위해……."

은매화는 북한에 존재했었던 흑천에 대한 이야기를 해주었다.

*   *   *

"우리는 경애하는 어버이 수령님께서 그토록 바라시던 대로 친애하는 지도자 김평일 동지를 우리 당과 국가, 혁명 과업의 최고 영도자로 영원히 받들어 모시고 일심 단결된 위력으로 주체혁명 위업을 끝까지 완성해 나갈 것을……."

김일성의 장례식이 치러지는 가운데 TV 아나운서가 공식적으로 김평일을 북한 정권의 후계자로 선포하는 낭독문을 읽고 있었다.

김일성 영구차는 금수산의사당에서 출발해 금성거리~영홍네거리~비파거리~혁신거리~전승광장 등을 통과를 시작으로 평양 시내를 돌기 시작했다.

옥류교를 거쳐 김일성광장에 도착한 운구 행렬은 김일성 광장을 15분 남짓 돈 후 김일성 대형 동상이 세워진 만수대 언덕을 커져 개선문 광장을 통과해 다시 금수산의사당으로 돌아왔다.

김일성 영구차가 지나는 평양 시내 연도에는 2백만 명의 주민들이 운집해 광적으로 울부짖었다.

김평일은 주민들의 모습에 차오르는 슬픔을 애써 참으며 담담히 바라보고 있었다.

북한 김일성의 장례 기간 중 1,800만 명에 달하는 조문객의 식사 문제를 해결하기 위해 전시용으로 비축해놓은 쌀 등을 대량으로 방출했다.

북한의 전 주민이 참여하다시피 했던 조문 행렬에 전시용 비상식량을 배분해주었고, 이 조치 덕분에 아이러니하게도 북한 주민들은 장례 기간 동안 쌀밥을 배불리 먹을 수 있었다.

김일성 시신은 역사와 달리 미라 처리 방식으로 보관하지 않기로 했다.

사실 사회주의국가에서는 지도자의 시신을 미라로 보관

해 대중 통제 수단으로 활용해 왔다.

구소련의 레닌과 중국의 마오쩌둥(모택동), 베트남의 호찌민이 그 대표적인 사례이며, 미라가 된 이들을 수도의 중심가 묘소에 안치했다.

김평일의 이 같은 결단은 과거와의 단절을 의미하는 것으로 국내 언론은 받아들였다.

한편으로는 김평일의 권력기반이 탄탄하다는 방증으로 보이기도 했다.

김일성은 한반도의 영산(靈山)으로 불리는 백두산기슭 명당 자리에 묻혔다.

나는 장례 기간이 끝난 후에야 김평일을 만날 수 있었다.

김평일은 자신의 아버지가 생활했던 금수산의사당으로 집무실을 옮겼다.

"장례식에 참석해 주셔서 정말 고맙습니다. 최대한 빠르게 뵙고자 했으나 상황이 여의치가 않았습니다."

김평일은 나를 보자마자 반갑게 안으며 말했다.

"아닙니다. 큰일을 당하셨는데 몸은 괜찮으십니까?"

"예, 저는 괜찮습니다. 하시는 사업이 잘 진행되고 있다는 소식을 들었습니다. 정말 대단하시다는 말밖에는 나오지 않더군요."

김평일은 더는 김일성에 관한 이야기가 하고 싶지 않은

지 사업 이야기를 꺼냈다.

룩오일NY가 발표한 동시베리아에서 한반도로 이어지는 파이프라인 공사에 대한 보고가 김평일에게도 들어갔다.

"많은 분이 도와주신 덕분입니다. 김평일 주석님께서도 많은 도움을 주셨고요."

"주석이라는 말이 왠지 생소합니다. 너무 막중한 책임이 따르는 자리라 제가 잘해낼 수 있을까 하는 걱정이 많습니다."

"잘 해내실 것입니다. 다양한 경험도 많으시고 이 나라를 깊이 사랑하고 계시지 않습니까?"

"예, 적지 않은 시간을 외국에서 생활하다 보니, 제가 태어난 이 나라가 정말 그립고 사랑스러웠습니다. 한데 다시는 돌아올 수 없을 것이라고 여겼는데, 어느 순간 제가 이 자리까지 올라서게 되었습니다."

김평일은 방랑객으로 인생을 끝낼 수도 있는 상황에서 북한을 이끌어가는 자리에 앉은 것이 새삼스럽게 여겨지는 것 같았다.

"잘 해내실 것입니다. 제가 도울 수 있는 일이 있다면 성심껏 도와드리겠습니다."

"하하하! 말씀만 들어도 힘이 납니다. 사실 이렇게 뵙고자 한 것은 강 회장님의 고견을 듣고 싶어서입니다."

탁자에 놓인 차를 든 김평일이 고심한 표정으로 말했다.

"어떤 말씀입니까?"

"전 이 나라가 지금보다 잘 살길 원합니다. 더욱이 아버지께서 못다 하셨던 흰 쌀밥과 고깃국을 마음껏 인민들이 먹을 수 있게 해주고 싶습니다. 그러려면 어떤 문제부터 해결해야 할지 그게 문제입니다."

김평일은 지금의 북한 상황을 제삼자의 눈으로 정직하게 보고 싶어 했다.

"솔직하게 말씀드리자면 우선적으로 군비 축소와 함께 군인들의 복무 기간도 줄이셔야 합니다. 경제적인 활동을 할 수 있는 젊은 인력들이 군에서 너무 긴 시간 동안 얽매여 있는 것은 국가에 큰 손실입니다. 또한 우수한 인재들을 출신 성분에 묶어두어 활용하지 않는 것도 문제입니다."

나는 과감하게 내 의견을 김평일에게 전달했다.

북한의 군 복무 기간은 내각결정 148호(1958년)에 의해 지상군은 3년 6개월, 해·공군은 4년으로 규정되어 있었으나 실제는 5~8년간을 복무해야만 제대할 수 있었다. 더구나 1993년부터 10년을 복무해야 제대할 수 있는 '10년 복무연한제'를 실시했다.

김정일에 의해 시행된 10년 복무연한제가 아직 고쳐지지 않고 있었다.

"음, 저도 그 점이 늘 마음에 걸렸습니다. 하지만 저희 쪽에서만 일방적인 군비 축소를 하는 것도 문제가 되지 않겠습니까?"

"김영삼 대통령을 만나서 허심탄회하게 말씀을 나누십시오. 김 대통령께서 이번에 방북을 기대하고 있었을 것입니다. 원래 계획한 대로 방북을 허락하시고 남북문제의 다양한 해결 방안을 모색해 보십시오. 남한에 원조도 요청하시고, 일본과의 차관 협상을 통해서 기초적인 산업 기반을 조성할 수 있는 자금을 얻는 것도 한 방법입니다. 앞으로 신의주 특별행정구를 통해서 얻어지는 자금도 산업 기반을 구축하는 데 사용해야만 북한이 달라질 수 있습니다."

"너무 갑작스러운 체제 변화가 문제로 나타나지 않을까요?"

김평일이 당연히 염려할 만한 질문이었다.

"현재 신의주가 어떻게 달라지고 변화하는지를 보셨으면 답을 찾으실 수 있을 것입니다. 문제점은 분명 있을 것입니다. 하지만 변화를 통해 그보다 더 큰 것을 얻을 수 있습니다. 또한 신의주 특별행정구뿐만 아니라 새로운 경제특구를 추가로 개방해야만 북한의 경제를 더욱 튼실하게 만들 수 있습니다."

"음, 강 회장님의 말씀을 듣고 보니 제가 해야 할 일에 대해서 확신할 수 있게 되었습니다. 좋은 말씀을 들려주셔서 고맙습니다. 앞으로도 저에게 서슴없는 말씀을……."

김평일과의 대화 중에서 내심 기대했던 흑천에 관한 이야기는 나오지 않았다.

남한에서 활동하는 흑천의 뿌리와 세력을 북한도 정확히 파악하지 못한 상황에서 섣불리 움직일 수는 없었다.

자칫 북한이 적극적으로 개입하게 되면 자칫 남북관계에 큰 불상사가 일어날 수도 있는 문제였다. 그만큼 조심스럽게 다루어야 할 상황이었다.

은매화는 나에게 흑천에 관한 정보를 파악해 주길 원했다. 자신들이 남쪽에서 활발하게 움직일 수는 여건이 되지 못하기 때문이었다.

Chapter 4

　내가 김평일과 만난 지 하루 뒤 북한 TV에서는 김영삼 대통령과 김평일 주석과의 만남이 이루어지길 희망한다는 메시지를 남한 정부에 전달했다.

　또한 1992년 12월 제8차 북·일 수교 교섭의 중단으로 이어진 일본인 납치 문제를 해결하자는 의사를 일본 정부에도 전달했다.

　일본에서는 1970년대부터 1980년대에 걸쳐 다수의 일본인이 행방불명되는 의심스러운 사건이 발생했었다. 일본 정부의 수사와 망명한 북한 공작원들의 증언을 통하여 행방불명 사건의 다수가 북한에 의한 납치 가능성이 큰 것으로 판명되었다.

더구나 대한항공 여객기 폭파범인 김현희가 1991년 5월 내외신 기자회견에서 북한에서 자신의 일본인화 교육을 담당했던 이은혜가 일본에서 납치된 다구치 야에코라는 여성이며, 강제로 끌려왔다는 말을 들었다고 증언한 이후로 북일간 수교 교섭이 중단된 상태였다.

북한은 경제적 지원을 일본에서 받길 원했고, 일본은 북한과의 관계 정상화의 조건으로 50~100억 달러를 지원할 생각이었다.

1965년 한일협정으로 일본이 한국에 제공한 5억 달러의 경제원조(무상 3억 달러, 유상 2억 달러)와 전두환 정권 시절 40억 달러 상당의 경제협력 자금을 현재의 달러 가치로 환산하면 100억 달러 정도로 볼 수 있었다. 하지만 북한은 협상 과정에서 300억 달러를 요구했다.

지금 체제 변화를 준비하는 북한의 상황에서 일본에서 얻어지는 자금은 단비와도 같았다.

김평일은 내가 제시한 의견을 가감 없이 받아들였고 즉시 행동으로 옮겼다.

*   *   *

신의주로 향하는 열차는 사람들로 북적였다.

요즘 북한의 상인들이 필수적으로 방문하는 곳이 신의주 상설시장이었다.

북한에서 생산할 수 없고 찾아볼 수도 없는 상품들이 넘쳐나는 곳이었다. 신의주는 지금 북한 전역에서 몰려들고 있는 상인들로 넘쳐났다.

김평일 시대를 맞이한 후부터 북한 주민들의 여행에 대한 규제가 완화되었고 감시도 줄어들었다.

북한에는 이제 생계를 위해서가 아니라 돈을 벌기 위해서 활동하는 상인 인구가 급속도로 늘어나고 있었다.

신의주로 향하는 기차의 끝 칸에 자리 잡은 특별행정구 장관 전용석에 앉은 나는 급격한 변화가 이루어지는 모습을 직접 눈으로 볼 수 있었다.

나는 김만철과 티토브 정, 그리고 스무 명의 코사크 경호원에 둘러싸인 채 신의주로 향하고 있었다.

"이틀에 한 번꼴로 운행되던 신의주행 기차가 하루에 2번으로 늘어났다고 합니다. 하루에 3번 운행을 하는 것도 검토 중이라고 합니다."

김만철의 말처럼 기존에 신의주로 향하던 기차는 이틀에 한 번 운행했다. 운행 도중에 연료 부족과 정비 불량으로 기차가 중간에 멈춰서 신의주와 평양 간 기차 운행이 3일씩 걸린 적도 있었다.

선로 개선 공사가 끝나고 신의주로 향하는 기차를 증설했는데도 사람과 물자를 실어 나르는 것이 금세 한계에 다다랐다.

현재 신의주행 기차표는 웃돈을 주고서도 쉽게 구하지 못했다.

"하루에 3번으로 늘어나도 부족한 것은 마찬가지일 것입니다. 북한 주민들은 신의주 자유시장에서만 구할 수 있는 풍부한 제품들에 이미 맛들었으니까요."

신의주 자유시장은 한국은 물론이고 중국과 일본 제품들도 판매가 이루어지고 있었다.

값비싼 전자 제품부터 의류와 식료품을 비롯한 생활용품까지, 구하지 못하는 것이 없었다.

현재 신의주 자유시장은 북한의 어느 지역보다도 물자와 상품이 풍부했다.

신의주 자유시장은 일정한 자격과 소정의 자릿세를 내면 누구나 자신의 상품을 사고팔 수 있었다.

그러나 한 사람이 지속해서 상품을 팔 수 없었다. 일정 기간이 지나면 새로운 사람에게 기회를 주도록 공정하게 처리했고, 뇌물과 불법행위에 대해서는 가차 없이 철퇴를 가해 다시는 상품을 판매할 수 없었다.

이러한 규칙이 정해지고 원칙대로 처리되자 초기에 나타났던 불법적인 행위들이 곧바로 사라졌다.

북한의 관리들도 신의주에 머물러야 큰 기회를 맞이할 수 있다는 것을 알기 때문에 내가 정한 규칙과 법을 따를 수밖에 없었다.

신의주 특별행정구의 장관의 권한은 특별행정구 내로 정해져 있었지만, 신의주에 살아가는 주민들의 삶에 변화를 가져온 나의 영향력은 확대될 수밖에 없었다.

먹고사는 문제를 해결해주는 것이 북한에서 얼마나 큰 영향력과 힘을 발휘하는지를 단적으로 보여주고 있었다.

신의주 청년역에 기차가 도착하자 기차에 탔던 사람들 대다수가 너나 할 것 없이 빠르게 자신의 짐을 갖고는 신의주 자유시장으로 향했다.

새롭게 단장된 신의주 청년역은 평양역에 못지않은 현대식 시설과 위용을 갖추었다.

북한 주민들과 달리 천천히 기차에서 내리자 역에는 신의주 시장과 신의주 안전서장이 나와 나를 맞이했다.

역 주변에는 안전부(경찰서)에서 나온 안전요원들이 삼엄한 경비를 서고 있었다.

"어서 오십시오. 오시느라 수고가 많으셨습니까?"

만면에 웃음을 머금으며 말하는 백기범 시장은 이전보다 혈색이 좋아 보였다. 그는 새롭게 설립된 신의주 자유병원에서 심장 수술을 받았다.

협심증을 앓고 있던 그는 남쪽에서 올라온 의사들에 의해 혈관조영술로 좁아진 혈관을 넓히는 수술을 받았다.

"예, 덕분에 편히 왔습니다. 백 시장님의 얼굴이 아주 편안해 보이십니다."

"하하하! 장관님 덕분에 이제야 살 만합니다. 정말 감사하게 생각하고 있습니다."

북한의 낙후된 의료 시설이 그대로였다면 백기범 시장은 수술을 할 수가 없었을 것이다.

백기범 시장뿐 아니라 이번에 들어선 자유병원을 통해서 도움을 받은 신의주 당간부들이 적지 않았다.

"하하하! 앞으로 열심히 일하시라고 치료해 드린 것입니다."

"물론이지요. 신의주를 위해서 뼈를 묻을 각오가 되어 있습니다."

백기범 시장은 나의 농담에 북한을 위해서라는 말을 하지 않았다. 신의주 관료와 당간부들도 점차 신의주와 북한을 별개로 생각하는 사람들이 늘고 있었다.

"건강을 해치면서까지 일하시면 안 됩니다. 그렇게 되면 백 시장님을 또 치료해야 하지 않겠습니까?"

"하하하! 이야기가 그렇게 되나요. 예, 장관님 말씀에 따르겠습니다. 자, 이쪽으로 가시지요."

백기범 시장은 웃으면서 날 안내했다. 오늘은 그와 함께 신의주 자유시장을 둘러보기로 한 것이다.

신의주의 경제를 활성화시키고 있는 자유시장은 북한 주민들과 중국은 물론 몽골과 러시아에서도 찾아오고 있었다.

자유시장 초입부터 사람들로 넘쳐났다. 하루에 이용하는 사람들의 수가 수만 명을 넘어서고 있었고 국적도 다양해졌다.

처음 시장이 자연스럽게 형성된 넓은 들판에는 햇빛과 비를 피할 수 있게 만든 널찍한 천막들이 양쪽으로 쭉 이어져 있었다.

신의주시와 특별행정구가 공동으로 투자해서 만든 시설물이었다. 시장의 크기는 이전보다 5배나 커졌고, 지금도 커지고 있었다.

복잡한 상태에서 잡다하게 늘어놓고 판매하던 상품들도 이젠 종류별로 나누어진 상점들에서 판매되고 있었다.

물건을 사고파는 사람들 모두가 생동감이 넘쳐났고 활기차 보였다.

"시장을 오고 가는 차량이 많아져 길을 넓혀야겠습니다."

처음 태동기의 자유시장은 보따리상이 대부분이라서 차량에 물건을 실어 나를 정도의 물동량이 아니었다.

하지만 지금은 대량으로 물건을 구매하는 중간상인들이 늘어나고 있었다.

"예, 그렇지 않아도 주차장과 도로를 정비하려고 합니다."

백기범 시장은 내 말에 곧바로 대응하며 말했다. 현재 자유시장에서 나오고 있는 수익이 장난이 아니었기 때문이다.

물건을 판매할 수 있는 장소의 대여료와 오물수거료, 그리고 판매 이익금의 10%를 상인들에게 받아서 시장의 시설 유지비로 사용했다.

시장의 확대와 함께 거래물량의 증가가 가파르게 늘어나자 신의주시에서 거둬들이는 수익금도 놀라울 정도로 늘어났다.

현재 자유시장에서 거래에 사용되는 화폐는 북한 화폐보다는 달러와 위안화뿐만 아니라 남한의 화폐인 원화도 사용되었다.

김정일 시대에는 꿈꿀 수도 없었던 일들이 신의주에서 벌어지고 있었다.

"이왕 할 것이라면 확실하게 도로를 넓히는 것이 좋을 것 같습니다. 그리고 시장을 전문적으로 관리하는 부서를 별도로 운영하는 것도 괜찮은 방법일 것입니다."

"예, 저도 이렇게 빨리 시장이 커질 것이라고는 생각지 못했습니다. 말씀하신 대로 시행하겠습니다."

마치 김평일 주석이 신의주를 방문해 지시를 내리는 것 같은 풍경이었다. 백기범 시장은 내가 말한 것들을 빼놓지 않고 수첩에 꼼꼼히 적었다.

자유시장을 더욱 확대하라는 나의 의견을 받아들인 결과는 신의주시의 재정을 북한의 어느 지역보다도 탄탄하게 만들었다.

더구나 신의주시는 김평일의 지시로 자체에서 발생하는 이익금을 중앙당으로 올려보내지 않아도 되었다.

사실 김평일도 신의주 특별행정구가 아닌 신의주시 자체에서 이익이 발생할 것이라고는 전혀 예상치 못했다.

"야간에도 장사할 수 있게끔 전기시설을 갖추게 되면 시장은 더욱 활성화될 것입니다. 그리고 시장에서 발생할 수 있는 불법적인 행위들은 철저하게 단속하셔야 합니다."

돈이 모이는 곳에는 언제나 문제가 발생했다.

"안전원들이 상시 시장에 머물면서 철저하게 감시를 하고 있습니다."

동행한 신의주 사회안전부 김세명 서장이 자신 있게 말했다.

"안전원들의 불법행위도 없어야 합니다."

"물론입니다. 초창기에 철없는 친구들이 어리석은 행동을 하기도 했지만, 지금은 절대 그럴 일 없습니다."

자유시장에서 돈을 번 몇몇 상인들이 신의주 관리와 안전원들에게 뇌물을 주면서 노른자 땅에서 계속해서 장사를 하려고 했다.

하지만 특별행정구 감시팀에 적발되어 모두 교화소(교도소)로 보내졌다.

이와 같은 일을 재발하지 않기 위해서 뇌물을 주거나 받으면 그 금액의 10배에 해당하는 금액을 벌금으로 추징했고, 뇌물을 받은 관리들은 곧바로 지위를 박탈했다.

또한 신의주 자유시장을 다시는 이용할 수 없을 뿐만 아니라 신의주에서 추방했다.

어찌 보면 가혹한 처벌 같았지만, 불법적인 행위들을 초기에 막기 위한 초지였다.

강력한 처벌과 엄청난 추징금까지 내야 하는 상황에서 쉽게 범죄행위를 벌일 수 있는 간 큰 사람들은 없었다.

신의주 시장의 감시하는 인원은 사회안전부만이 아니었다. 신의주 시장 직속의 감찰반과 특별행정구의 감시팀도 자유시장을 주기적으로 감시하고 단속했다.

"예, 계속해서 힘써주십시오. 제가 신의주를 북한에서 제일 잘 사는 곳으로 만들 테니까요."

내 말에 함께 시장을 둘러보는 인물들 모두가 얼굴에 웃음을 머금었다.

자유 시장이 활성화되자 근처에는 시장 상인들, 방문객들이 이용하는 식당들도 하나둘 늘어나고 있었다.

백기범 시장과 헤어진 후 나는 특별행정구로 향하지 않고 시장 근처 신의주 찹쌀 순대를 파는 식당으로 들어갔다.

간의 건물로 지어진 식당이었지만 안에는 순댓국을 사먹는 사람들로 북적거렸다.

"이야! 냄새가 죽이는데요."

김만철은 식당에 들어서자마자 코를 벌름거리며 냄새를 맡았다.

"오늘 정통 신의주 순댓국을 먹어보겠는데요."

남한에서도 신의주 순댓국을 팔고 있었지만 사실 일반 순댓국과 별반 다르지 않았었다.

"냄새만 맡아도 확실히 이 집 순댓국이 맛있을 것이라는 게 확 느껴집니다."

김만철의 말이 끝나자마자 주문을 받으러 종업원이 왔다.

"뭐로 드릴까요?"

"순댓국 세 개 주십시오."

"밥은 이밥(쌀밥)으로 드려요?"

나의 말에 종업원은 밥 종류를 이야기했다. 순댓국에 말아먹는 밥을 가격이 저렴한 잡곡밥과 쌀밥으로 나누어서 판매하고 있었다.

잡곡밥도 남한에서 생각하는 잡곡밥이 아니었다. 물자가 풍부한 신의주였지만 쌀밥을 마음대로 먹을 수 있는 사람들이 한정되어 있었다.

"예, 이밥으로 주세요."

식당 안에도 잡곡밥을 먹는 사람들이 대부분이었다. 김일성 장례식 이후 식량 사정이 좀 더 어려워지자 김평일은 협동농장에서 생산하는 일정 이상의 생산량을 개인들이 소유할 수 있도록 조치한 후 발표했다.

경제 활성화 조치를 다각적으로 취하고 있지만, 북한은 계속된 흉작으로 식량 사정이 썩 좋지가 않았다.

주문을 받은 종업원이 깍두기와 백김치를 내왔다.

"아직도 시간이 좀 더 지나야 먹는 문제에서 자유로울 수 있겠네요."

그나마 사정이 좋은 신의주도 마음껏 쌀밥을 먹는 주민은 그리 많지 않았다.

"이전에 비해 많아졌다고는 해도 일반적인 주민들의 삶이 바뀌려면 시간이 좀 더 걸릴 것입니다."

김만철의 말처럼 김평일이 추진하는 개혁은 놀라울 정도로 빠르게 진행되고 있었지만, 그걸 실질적으로 집행하는 하부기관과 관리들은 여전히 옛 관습에서 벗어나지 못했다.

중국과 러시아가 겪고 있는 문제점을 북한도 고스란히 겪고 있었다.

기다리던 순댓국은 기대했던 것만큼 맛이 뛰어났다.

정통방식으로 만들어진 찹쌀 순대와 함께 고기도 생각보다 푸짐하게 들어있었다.

"이야! 정말 맛있는데요."

티토브 정도 순댓국을 맛보자 진한 국물에 만족감을 드러냈다.

한편으로 순댓국에 푸짐한 고기가 들어가고, 선택이었지만 쌀밥을 마음껏 사서 먹을 수 있는 식당과 상점이 늘어나고 있다는 것은 무척 고무적인 일이었다.

Chapter 5

  신의주 특별행정구 내는 서서히 건물과 공장들의 뼈대들
이 올라가고 있었다.

  여전히 굴착기들이 땅을 깊숙이 파내는 곳도 있었지만,
대다수 지역에서는 철골 구조물들이 형태를 갖추며 하늘로
솟구치고 있었다.

  제일 먼저 완성 단계를 보이는 건물은 신의주 특별행정
구의 모든 행정과 업무를 맡아보는 행정청이었다.

  내년 6월이면 건물이 완공되면 임시 건물에서 벗어날 수
있게 된다.

닉스의 생산 공장도 내년 7월이면 모든 공사가 마무리되어 8월부터 공장세팅이 들어갈 수 있었다.

9월 중순이면 신발 생산을 본격적으로 할 수 있게끔 갖출 예정이다. 그로 인해 닉스는 내년부터 일하게 될 생산 근로자들을 선발하고 교육할 준비를 하고 있었다.

북한에도 여러 지역에 신발 공장들이 있었고 그곳에서 생산을 담당했던 풍부한 경험을 한 인원들이 있었다.

북한의 특성상 남한처럼 이곳저곳 직장을 옮겨 다니며 새로운 직업과 경험을 쌓는 것이 어려웠다. 대부분 자신의 의사와는 무관하게 업종을 선택해야만 했고, 오랫동안 한 업종이나 직장에 종사해야만 했다.

닉스는 신의주에 있는 신의주어린이신발공장에서 닉스 신발을 생산할 수 있게끔 교육을 진행할 예정이다.

"이대로 문제없이 닉스와 도시락 공장은 예정보다 한 달 정도 일찍 공사가 끝날 수 있을 것 같습니다."

닉스와 도시락 공장의 공사 책임자인 박병진 현장소장의 말이었다.

공사 기간을 앞당기기 위해서 같은 구역에 있는 두 공장은 동시에 공사를 진행했다.

대략적인 설계도면이 나올 때부터 터파기를 시작했었다.

"좋은 소식이군요. 빨리 공사를 끝내는 것도 중요하지만,

하자가 있어서는 안 됩니다."

"물론입니다. 저희가 예상했던 것보다 북한 근로자들의 기술력과 솜씨가 뛰어난 것이 공기를 줄일 수 있는 요인이 되었습니다."

처음 공장을 설계하고 공기를 계산할 때에는 북한 건설 근로자들의 능력을 알 수 없었다.

남한의 숙련된 건설 근로자들보다도 능력치를 적게 잡은 상태에서 공기를 예측했던 것이다.

더구나 공기 단축을 하면 보너스를 받을 수 있다는 점을 알게 된 후부터 북한 건설 근로자들은 더욱 열심이었다.

북한에서 늘 있었던 무상 노동이 아닌 돈을 벌고, 그 돈으로 원하는 것을 살 수 있게 되자 북한 근로자의 노동 효율은 생각 이상으로 높아졌다.

북한당국에서 노동자들에게 가져가는 금액도 이전과 달리 급여의 15% 정도밖에 되지 않는 것도 큰 변화였다.

"호텔과 리조트 공사는 어떻게 진행되고 있습니까?"

"터파기 공사는 모두 마무리되었습니다. 본격적인 기초 공사가 진행될 예정입니다."

닉스E&C의 박재수 이사의 말이었다. 호텔이 들어서는 주변 환경 공사도 병행하고 있었다.

단독적인 호텔 공사가 아닌 카지노, 공연장, 놀이동산,

극장 등 대규모 위락단지가 함께 조성되는 공사였다.

새로운 회사인 닉스 호텔을 통해서 추가로 5억 달러가 투자된 상태였다.

동북아시아에서 쉽게 볼 수 없는 대규모 위락시설 단지에는 닉스 호텔뿐만 신라, 힐튼, 하얏트, 롯데호텔 등도 함께 공사를 벌이고 있었다.

"공사가 많이 진행되는 만큼 더 신경을 써야 합니다. 안전사고에는 더욱 신경을 쓰시고요."

"예, 명심하겠습니다."

내 뒤를 따르는 인물들은 공사를 담당하는 닉스E&C의 관계자뿐만 아니라 닉스와 도시락 공장 건설의 현장 담당자들도 함께했다.

이들은 신의주 특별행정구에서 생활하면서 나의 위상이 어떠한지를 몸소 체험하고 있었다.

한마디로 신의주에서 나의 말 한마디면 안 되는 것이 없었다.

"근로자들에게 제공되는 식사는 잘 나가고 있습니까?"

"예, 특별히 신경을 쓰고 있습니다. 신의주 자유 시장이 활성화되어 식품 재료들도 이제는 공급이 원활합니다."

신의주 자유 시장이 커지자 한국과 중국에서 들여오던 식자재들 대부분을 자유 시장에서 공급받게 되었다.

닉스E&C는 공사장의 현장 식당을 직접 운영했고 흔하게 발생하는 공사현장의 함바 비리를 사전에 차단했다.

"양질의 식사를 항시 제공하십시오. 사소하게 밥값을 아낀다는 소리가 들리지 않아야 합니다."

"예, 꾸준히 관리를 하고 있습니다."

박재수 이사가 자신 있게 말했다. 그는 중동 건설 현장에서 잔뼈가 굵은 인물이었다.

"마침 점심시간인데, 저희도 현장 식당에서 식사를 하지요."

내 말에 모두 현장 식당으로 향했다.

닉스E&C가 운영하는 공사 현장 식당은 상당한 규모였고 영양사를 비롯한 조리사가 30명이나 되었다.

식당에 도착하자 이미 근로자들이 줄을 서고 있었다.

"앞쪽으로 가시지요."

박재수 이사가 나를 앞쪽으로 이끌려고 했다.

"아닙니다. 저도 줄을 서서 먹어야지요."

"아, 예."

박재수 이사는 내 말에 조금은 뻘쭘한 표정을 지었다. 한데 식당에 도착하는 순간부터 뒤에 서 있는 박병진 현장소장은 뭔가 불안한지 표정이 어두웠다.

현장에서 일하는 근로자들은 내가 누구인지 잘 몰랐다.

나는 일부러 화장실을 갔다 온 후에 일행과 떨어져 근로자들 사이에 섞여서 밥을 탔다.

복장도 건설현장 근로자가 입는 작업복을 입고 있어서인지 날 특별행정장관이자 회사를 총괄하는 회장으로 생각하지 못했다.

내 앞뒤로 김만철과 티토브 정만 따랐다. 두 사람도 작업복을 입자 누가 보더라도 북한 근로자처럼 보였다.

식판을 내밀자 밥을 퍼주는 아주머니가 날 위아래로 쳐다보다가 옆에 있는 밥통에서 밥을 퍼주었다.

식판에 올라온 밥은 쌀밥이 아닌 잡곡과 약간의 쌀이 섞여 있는 밥이었다. 김만철과 티토브 정도 마찬가지였지만 우리 뒤에서 서 있던 남한 근로자들은 달랐다.

남한에서 온 근로자들은 모두 파란 명찰을 달고 있었다.

그들의 식판에는 흰 쌀밥에다가 반찬도 한 개가 더 추가되었고, 반찬의 양도 푸짐하게 올려져 있었다. 밥과 함께 나오는 국도 달랐다.

"이거 뭔가 이상한데요?"

김만철이 주변에서 식사하는 근로자들의 식판을 보며 말했다.

그때 뒤쪽에서 큰소리가 터져 나왔다.

"누가 이딴 식으로 식사를 내주는 거냐?"

큰 소리의 주인공은 박병진 현장소장이었다.

즐거워야 할 점심시간에 한바탕 소동이 벌어졌다.

식당을 책임지고 있는 조리팀장과 책임영양사가 박병진 현장소장에게 불려 나와 심하게 질책을 당했다.

"언제부터 이렇게 배식한 거야?"

식당에 있던 모든 사람들의 시선이 큰 소리가 나는 쪽으로 향했다.

마치 내가 보고 있다는 것을 의식하는 듯 박병진 소장의 목소리가 점점 더 커졌다.

그런데 질책을 당하는 두 사람의 표정에서는 억울함과 황당함이 교차하고 있었다.

지금 상황이 이해가 되지 않는다는 표정이었다.

"저 두 사람이 식당 책임자입니까?"

황급히 내 곁으로 온 박재수 이사에게 물었다.

"예, 그런 것으로 알고 있습니다."

"그런 것이라니요. 현장을 제대로 파악하고 있는 것입니까?"

박재수 이사의 대답이 마음에 들지 않았다.

"아, 그게. 현장 식당은 박병진 소장이 맡고 있어서……"

순간 나의 물음에 박재수 이사가 말을 흐렸다.

"그게 무슨 말입니까?"

"그것이… 박병진 소장이 본사에서 운영하는 것보다 저렴하게 식사를 공급할 수 있다고 해서……."

박재수 이사는 순간 자신의 대답이 잘못되었다는 것을 느꼈는지 바로 이야기를 하지 못했다.

마지못해 한 대답도 뭔가 이상했다.

"현장 식당은 본사에서 직접 운영하게 되어 있지 않습니까?"

"예, 물론 그렇습니다. 그런데 박병진 소장이 예전부터 현장 식당을 운영한 경험도 풍부하고 공사 예산을 줄일 기회도 되고 해서 맡기게 되었습니다."

내가 질문할수록 박재수는 얼굴이 일그러지는 것이 보였다.

"누가 그렇게 지시한 것입니까? 박대호 대표가 지시한 것입니까?"

내 목소리가 커지자 박재수의 표정도 함께 어두워졌다.

"박 대표님은 아닙니다. 제, 제가 그렇게 하는 것이 좋을 것 같아 결정했습니다."

박재수 이사는 힘없이 대답했다. 지금 상황에서 부인한다고 해서 넘어갈 문제가 아니란 것을 직감적으로 느낀 것이다.

"지금 당장 닉스홀딩스의 감사팀을 닉스E&C에 투입해 국내 공사는 물론이고, 해외 공사와 연관된 모든 예산집행 과정과 현장 식당 운영 상태를 파악하도록 하십시오."

나를 수행하고 있는 닉스홀딩스의 기획실장인 김동진 실장에게 지시했다.

닉스홀딩스의 감사팀은 닉스홀딩스 소속의 회사들에 대한 감사 권한을 보유하고 있었다. 감사팀은 20명의 인원으로 운영되었다.

닉스홀딩스는 닉스E&C의 지분의 40%를 소유했으며 나머지 40%는 내가, 10%는 닉스와 블루오션이 각각 5%씩 소유했다.

"예, 바로 연락을 취하겠습니다."

김동진 실장은 감사팀에 연락을 하기 위해 식당 밖으로 빠르게 나갔다.

"죄송합니다, 회장님. 저는 회사를 위해서……."

상황이 심각하게 돌아가자 박재수 이사의 표정이 급격히 어두워졌다.

"정말 회사를 위한 것이라면 그에 해당하는 상을 줄 것입니다. 그렇지 않다면 마땅히 회사 규정에 따른 대가를 치러야 할 것입니다. 전 분명히 닉스E&C에서 직접 현장 식당을 운영하라고 지시했었습니다."

능력이 뛰어나다고 해도 상관의 지시에 따르지 않는 사람은 필요 없었다. 직책에 맞는 재량권은 부여했지만, 오늘 같은 일은 용서받지 못할 일이었다.

그때였다.

지금의 상황을 제대로 파악하지 못한 박병진 소장이 멋쩍은 웃음을 지으며 내가 있는 쪽으로 다가왔다.

"식당 책임자가 쌀을 제때 공급받지 못해서 제멋대로 배식을 한 것 같습니다. 앞으로는 이런 일이 발생하지 않도록 조치하겠습니다."

박병진은 내가 신경 쓸 일이 아니라는 듯이 말했다.

"밥 먹는 식당에서 계속 이야기할 거리가 아닌 것 같습니다. 사무실로 가서 이야기하시지요."

공사현장에서와 달리 쌀쌀한 내 태도에 박병진 소장은 침을 삼키며 불안한 듯 두 눈을 양쪽으로 굴리며 박재수 이사를 쳐다보았다.

"회장님, 정말 저는 이런 식으로 식당을 운영하는지 몰랐습니다. 회사를 위한다는 게……."

박재수는 자신의 잘못을 박병진에게 떠넘기듯이 말했다.

'후! 이런 인물들을 믿고 있었다니……'

"그 정도만 하십시오! 제 인내심을 시험하지 마시고요."

주변에 있는 사람들이 다 들릴 정도로 큰 소리로 말했다.

회사를 운영하면서 지금까지 이렇게 화가 난 적이 없었다.

분노가 섞인 내 목소리 두 사람은 움찔하면서 입을 닫았다.

사무실로 이동하면서 나는 박병진 소장의 사무실과 현장 경리팀의 서류를 압류하도록 조치했다.

또한 닉스E&C 본사에 있는 박재수 이사의 집무실도 통제하도록 지시했다.

박재수 이사와 박병진 소장의 조사는 닉스홀딩스의 김동진 실장에게 맡겼다.

나는 현장 식당의 실질적인 책임자인 책임영양사를 만났다.

내가 누구인지 알게 된 이미진 영양사는 나와 눈을 마주치지 못했다.

"왜 밥을 차별해서 퍼주었습니까?"

"오늘만 그런 것입니다. 쌀이 모자라서 편법을 쓴 것입니다. 정말 죄송합니다."

박병진 소장에게 무슨 소리를 들었는지 이미진은 내가 원하는 대답을 하지 않았다.

"허허! 제가 만만해 보이시나 봅니다."

"아닙니다. 어떻게 제가 회장님 앞에서……."

"거짓말을 계속하면 사기와 횡령으로 감옥에 가실 수도 있습니다. 이미 저는 박재수 이사와 박병진 소장을 해고할 생각입니다. 두 사람에게 기댈 생각은 하지 않으시는 것이 좋습니다."

내 말에 이미진의 눈이 커지는 것이 보였다.

"자, 다시 한 번 묻겠습니다. 이번에도 거짓말을 하시면 저는 이대로 나가고 직원이 들어와서 이미진 씨와 이야기를 할 것입니다. 그리되면 제가 도와드리지 못할 상황이 됩니다."

내 말이 떨어지기 무섭게 이미진은 입을 열었다.

"정말 죄송합니다. 현장 식당은 박병진 소장의 사모님이 운영하시는 것입니다. 쌀값과 부식비를 줄이라는 지시를 하셔서… 차별적으로 배급해서 30~40% 음식값을 줄였습니다. 그리고 원래대로 배급한 것처럼 영수증을 첨부해 현장 경리팀에 넘겼습니다. 경리팀에서는 아무 문제없이 돈을 지급해서 주었고……."

이미진은 나에게 모든 이야기를 털어놓았다. 현장 식당은 정말 듣기 거북할 정도로 노골적인 비리를 저지르고 있었다.

현장 식당은 남쪽에서 올라온 10명의 조리원이 배식과 납품 관리를 전적으로 맡았고, 식사 조리는 신의주에서 채용한 북한인들이 맡았다.

현장 식당에서 식사하는 북측 건설 근로자들은 불만이 없었다고 한다. 식당에서 나오는 밥이나 반찬들이 그들이 생각했던 것보다 훌륭했기 때문이다.

문제는 또한 식사가 부족했던 북한 근로자들이 추가로 밥과 반찬을 요구할 때는 돈을 받고 팔았다는 거였다.

물론 남한 근로자는 마음껏 먹을 수 있었다.

"그렇게 매달 받은 돈을 모두 박병진 소장 사모님에게 송금했습니다. 저는 그냥 시키는 대로 할 수밖에 없는 월급쟁이였습니다. 정말 죄송합니다."

이미진은 양심에 가책을 느꼈는지 울먹이며 이야기를 했다. 그녀가 그런 식으로 일을 처리해 주고서는 월급 외에 50만 원을 추가로 받았고, 조리팀장 역시 30만 원을 별도로 챙겼다.

이미진이 한 말들은 모두 녹음되었다.

*   *   *

닉스E&C의 본사는 갑작스럽게 들이닥친 닉스홀딩스의

감사팀에 의해 벌집 쑤셔놓은 것처럼 놀라고 있었다.

닉스E&C의 박대호 대표는 사태를 파악하기 위해 그날 저녁 곧장 신의주로 들어왔다.

"정말 죄송합니다. 제가 능력이 많이 부족한 것 같습니다. 제가 책임지고 사직하겠습니다."

녹음기에 담긴 이미진 영양사의 이야기에 박대호 대표는 고개를 숙이며 말했다.

"사직하더라도 사태를 수습하고 사직서를 내십시오. 그게 회사를 책임지고 있는 사람의 자세입니다."

난 박대호 대표의 능력을 잘 알고 있었다. 하지만 닉스E&C가 급속도로 커지면서 새로운 인원들이 대거 들어오는 과정에서 검증을 제대로 하지 못한 것이다.

공사 현장이 늘어날수록 경험이 풍부한 인재를 찾다 보니 불미스러운 일에 연관되었던 인물들도 채용하게 된 것이다.

새삼 경력이라는 것이 회사를 지원했던 인물에 대한 능력을 말해주지 않는다는 것을 드러낸 일이었다.

책임자급 인사를 채용하는 데 있어 이전에 다니던 회사를 왜 그만두었는지 자세히 살펴보지 못한 점도 문제였다.

박병진 현장 소장은 박재수 이사가 끌어드렸고, 두 사람은 6촌 형제간이었다.

박병진은 다른 건설업체에 다닐 때도 건설현장에서 편법으로 함바 식당을 직접 운영해 돈을 벌었다.

"예, 모든 것을 정리하고 물러나겠습니다."

"현재 진행 중인 공사들의 완공과 인사검증 시스템에 대한 체계를 갖춘 후에 그만두시길 바랍니다."

내가 한 말대로 일을 마치려면 적어도 4~5년은 닉스 E&C에 머물러야만 했다.

직원들의 행위 하나하나가 모여 돌아가는 기업에서 정상 궤도를 벗어난 행위가 1~2%만 되어도 기업은 지탱하지 못하고 곧 무너져 버린다.

나는 과거의 직장생활에서 그걸 보았다.

벤처 붐이 한창일 때 남보다 조금 앞선 기술이 있으면 창업투자회사나 투자가들에게 쉽게 투자금을 받을 수 있었다.

완벽하게 개발되지 않은 기술임에도 불구하고 세계 최초라는 수식어에 너도나도 돈을 투자하겠다고 회사를 방문했다.

회사의 대표는 그러한 모습에 도취해 기고만장했다.

투자된 자금을 원래 목적대로 기술개발에 투자하지 않았고, 본사 건물을 매입하는 등, 회사 외형을 키우는데 열을 올렸다.

회사의 몸집이 너무 갑작스럽게 커지자 업무 절차가 복잡해지고, 기존 직원과 새로운 직원들 간의 기 싸움과 관료주의가 팽배해져 부서 간 정보 이동이 원활하지 못했다.

또한 일부 임원들의 자만심과 부패가 업무를 정확하게 수행하지 못하게 했고, 재무 관리도 엄격하게 이루어지지 않았다.

작은 성공에 도취해 거품이 크게 낀 것을 보지 못했던 것이다. 회사는 코스닥에 상장할 것이라는 기대감과 달리 큰 부채를 떠안고 파산했다.

"정말 면목이 없습니다."

박대호는 다시 한 번 고개를 숙이며 용서를 구했다.

"성공한 경험은 대부분 비슷하여 따라 하기가 쉽습니다. 하지만 실패의 원인은 제각각 달라서 쉽게 파악하기 어렵습니다. 더욱이 예기치 못한 일이 사고를 유발하기도 하며, 오랫동안 시선을 끌지 못하던 문제가 회사에 위기를 몰고 오기도 합니다. 박 대표께서는 지금까지 성공 가도만을 달려오셨으니, 이번 실패를 통해서 새로운 점을 배우시고 자기 재산으로 삼으시길 바랍니다."

"제가 오늘 많은 것을 배웠습니다. 회장님께서 왜 지금의 자리에 오르실 수 있었는지 새삼 깨닫게 되었습니다. 외람된 말이지만 어떻게 지금의 나이에 이런 통찰력을 가지고 계신지가 정말 놀라울 따름입니다."

박대호의 말처럼 통찰력은 하루아침에 길러지지 않으며 오랜 경험을 통해 조금씩 쌓이는 것이다. 여러 일을 진행할 때마다 세세한 부분을 세심하게 관찰하는 일이 반복되고 쌓여야 통찰력이 향상될 수 있다.

'후후! 실패를 누구보다 많이 경험했기 때문이지……'

"사회 진출을 남들보다 일찍 시작하다 보니 인생에 대해 좀 더 빨리 깨달아서 그렇습니다. 세상사에 통달하면 그것이 곧 학문이요. 세상 사람들의 마음과 세상 물정에 밝으면 그것이 곧 지혜가 된다는 말이 있지 않습니까? 제가 인정세태(人情世態)에 대해 알게 된 것이지요."

'어떻게 이 나이에……'

"이제야 김우중 회장님의 말씀이 마음에 와 닿았습니다. 김 회장님께서 제게 회장님을 소개해 주시면서 눈에 비친 모습이 아닌 그 중심에 담긴 본모습을 보라고 했습니다."

"하하하! 제 중심을 보셨습니까?"

"예, 오늘에야 제 눈이 열려 보게 되었습니다. 제가 감히 넘볼 수 없는 거대한 산을 보고 느꼈습니다."

말을 하는 박대호의 눈에는 진심이 담겨 있었다.

"칭찬을 해주셔서 감사합니다. 이제부터 닉스E&C는 새롭게 태어나야 합니다. 본사로 돌아가시면 전 사업장에서 규정이 제대로 지켜지고 있는지에 대한 부분부터 엄격하게 점검하십시오. 또 하나, 직책에 상관없이 규정을 지키지 않은 직원들은 모두 회사정관에 따라서 엄정하게 처리하십시오. 임원이라고 해서 솜방망이식의 처벌은 있을 수 없습니다."

"예, 이번 기회를 통해서 회사의 기강을 바로잡겠습니다."

"이참에 파벌주의와 방임주의도 잡았으면 좋겠습니다. 그 일로 회사가 손해를 입어도 말입니다."

급격하게 몸집이 커진 닉스E&C의 문제점으로 나타난 일 중 하나였다.

상처가 안으로 깊게 곪아 더 중병이 되기 전에 상처를 치유하는 것이 회사를 위해서도 나았다.

"예, 반드시 회장님이 만족하실 결과를 가지고 보고 드리겠습니다."

박대호는 내가 기대하는 걸 가지고 올 것이다. 그리고 그것은 닉스E&C를 새롭게 도약할 수 있게 만드는 탄탄한 디딤돌이 될 것이다.

박재수 이사와 박병진 현장소장은 징계위원회에 넘겨졌고, 개인 부정행위와 횡령으로 해고 처리되었다.

그리고 경찰에 횡령과 관련되어 고소가 이루어졌다.

개인 사직이 아닌 해고 통보를 받았기 때문에 퇴직금을 일절 받을 수 없었다.

박재수 이사는 현장 식당을 운영하게 해주는 조건으로 박병진에게 매달 칠백만 원을 받아왔다.

박병진은 또한 현장의 건설자재를 서류 조작으로 근처 공사 현장에 판매하기까지 했다.

그에게 협조했던 직원들 모두가 해고 처리되었으며 회사가 손해를 입은 금액에 대해 구상권이 청구되었다.

신의주 특별행정구의 공사장을 필두로 주요 공사 현장에 대한 조사가 이루어져다.

대부분의 공사 현장은 회사 규정을 지켰지만 몇몇 공사장에서 비리가 적발되었다.

닉스E&C는 새로운 윤리 규정과 규칙을 만들었고 대표 직속 산하 준법감사팀을 새롭게 신설했다.

불법적인 행위나 행동에 따른 처벌 규정이 더욱 강력해졌고 재무팀과 영업팀은 감사팀에 분기보고서를 제출해야만 했다.

한편으로 관리 규정을 집행할 수 있는 세부적인 규칙을 정리했고, 규정의 집행상황을 점검할 수 있는 세부적인 규칙도 정했다.

전반적인 조사를 통해 닉스E&C에서 개인 비리가 적발되어 해고된 인원이 13명이나 되었다.

개미구멍처럼 작은 구멍들이 여기저기 뚫려 있었다. 이대로 두었다면 그 구멍들이 커져 회사의 큰 어려움을 가져올 수 있는 상황이었다.

"해고된 인원 중 9명이 회사에 손해를 끼친 금액을 토해냈습니다. 나머지는 아직 재판 중입니다."

개인비리로 착복한 금액들은 철저하게 받아냈다.

그렇지 않으면 경찰에 고서와 함께 다시금 회사생활을 할 수 없도록 건설협회와 모든 건설사에 개인비리를 통보하기로 했다.

회사가 만만치 않다는 것을 보여준 것이다.

"이번 기회에 일벌백계가 무엇인지 확실히 보여주어야 합니다. 또한 김우찬 씨처럼 집안 형편 때문에 비리를 생길수 있는 상황도 막을 수 있는 조처를 마련하십시오."

납품비리로 적발된 구매부의 김우찬 대리는 노모와 부인의 병원비를 감당하지 못해 비리를 저지른 경우였다.

그 또한 해고되었지만, 집안 사정을 고려해 추징금을 청구하지 않았고, 다른 회사에 입사할 수 있게 도움을 주었다.

"예, 사내대출에 병원비와 생활비 지원도 추가했습니다."

지금까지는 주택자금 대출에만 회사에서 대출이 이루어졌었다.

"입사시스템은 개선했습니까?"

"예, 최종입사가 결정된 인원들 모두 인사부에서 직접 현장조사를 진행할 것입니다. 신입사원들도 성적 외에도 학교생활에 대한 전반적인 상황들을 고려하고자 합니다."

박대호 대표는 몇 주간을 동분서주하면서 닉스E&C에 대한 변화를 끌어내려고 했다.

"한꺼번에 모든 것을 바꾸려고 하지 마십시오. 차근차근 닉스E&C의 기반이 단단해질 수 있는 여건들을 만들어야 합니다."

"예, 명심하겠습니다."

박대호 대표와의 만남 후에 나는 곧장 닉스 본사가 있는 가로수길로 향했다.

Chapter 6

닉스의 새로운 대표로 선임된 한광민 대표의 임명식이
있는 날이었다.

한광민 소장은 부사장 겸 기술연구소장으로 남아있길 원
했지만, 나의 설득으로 대표직을 수락했다.

자신의 밑에 있는 직원들에게도 한광민 대표가 맡고 있
던 자리를 내주어야 한다는 말로 그를 설득했다.

닉스는 모든 체계가 톱니바퀴 돌듯이 잘 맞물려서 체계
적으로 돌아가고 있었다.

디자인센터와 생산 공장, 그리고 기술개발연구소의 직원

들 모두가 닉스를 자랑스럽게 여기며 열심히 일을 해주었다.

동남아시아 국가들로 신발 생산 기지가 옮겨지고 있는 부산에서 닉스만이 힘차게 돌아가고 있었다.

부산시에서도 신발 사업을 되살리기 위해 여러 가지 지원 혜택과 지원 사업을 내어놓고 있었지만 좀처럼 신발 업종의 경기는 살아나지 못하고 있었다.

시간이 지날수록 큰 공장들이 비워지고 문을 닫는 회사가 줄지 않았다.

이러한 가운데 닉스의 약진은 회사 직원들에게 큰 위안이고 자랑이 된 것이다.

회사가 문을 닫는 것이 어떠한 것이라는 것을 잘 알게 된 경력직 직원들이 새롭게 닉스에 입사하게 되자, 회사 내에 자신들이 느낀 점에 관해 이야기를 전했다.

기존 사원들도 대부분 주변 공장에 아는 사람들이 많았기 때문에 지금 신발 산업이 처한 위기를 잘 알고 있었다.

그러한 점이 회사에서 요구하지 않아도 자발적인 야근과 주말근무를 할 수 있게 만들었다.

회사에 근무하고 일을 할 수 있는 것이 행복한 것이었다.

대표 임명식이 거행되는 닉스 본사에는 임원들과 직원들

이 모여 한광민 대표를 축하해주었다.

"축하합니다, 한광민 대표님."

"정말 고마워. 강 대표가 아니지, 강 회장이 없었다면 지금의 내가 없었을 거야."

"왜 그러세요? 한 대표님이 아니었으면 저도 없었습니다. 앞으로 잘 해내실 것입니다."

"어디 도망갈 생각하지 마. 내가 일이 생기면 곧바로 전화할 테니까."

한광민 대표도 신발 회사를 운영했었지만, 지금처럼 규모가 커진 닉스를 이끌어가는 것은 처음이다.

닉스의 매출과 이익률이 이전에 한광민이 운영했던 부산 신발연구소하고는 비교할 수 없었다.

"하하하! 알겠습니다. 정기회의 때는 최대한 참여할 테니까 걱정하지 마십시오. 하지만 일을 제대로 못 하시면 각오하셔야 합니다."

"예, 회장님이 말씀하시는데 열심히 해야지요. 하하하!"

내 말에 큰 웃음을 토해내는 한광민 대표의 표정은 닉스의 앞날처럼 무척이나 밝았다.

닉스의 지분은 지분 교환 형식으로 닉스홀딩스가 35%를, 내가 35%를, 한광민 대표가 10%, 룩오일NY가 10%, 도시락이 5%, 나머지 5%는 우리사주조합이 소유하고 있었다.

닉스를 필두로 해서 도시락과 명성전자의 회사 대표가 선임되었다.

블루오션은 반도체 공장 설립과 연구 개발 위주의 업무 특성으로 인해 대표자 선임을 내년으로 미루었다.

사실 블루오션을 이끌어갈 인물로 나는 대산에너지의 박명준을 염두에 두고 있었다.

*   *   *

대산에너지는 분주하고 활기가 넘쳤다.

자원개발사업이 대산그룹의 차세대 먹거리로 지정되자 그룹 차원에서 자금과 인재 지원을 우선하여 받고 있기 때문이었다.

대산그룹 내에서도 대산에너지로 가고 싶어 하는 사람들이 많았다.

대산그룹의 후계자인 이중호는 물론이고 차기 부회장감으로 꼽는 박명준이 대표로 있기 때문이다.

두 사람이 한 회사에 있다는 것은 앞으로 대산에너지가 대산그룹의 주력 회사가 된다는 말이기도 했다.

더욱이 두 사람에게 눈에 띈다면 대산그룹에서 크게 출세할 수 있는 여건에 놓인다는 점도 매력적인 부분이었다.

대산에너지에서 근무하는 직원들도 그 점을 잘 알고 있었기 때문에 누구나 할 것 없이 업무에 집중하고 열심히 일에 매달렸다.

"현지 탐사 보고서입니다."

대산에너지의 김홍수 과장이 서류철을 이중호에게 건네며 말했다.

"박 대표는 아직 보지 못했지?"

"예, 보고 전입니다."

"앞으로도 박 대표에게 보고하기 전에 나한테 먼저 가져와."

이중호는 30대 중반의 김홍수 과장에게 서슴없이 반말을 던지며 말했다.

"예, 그렇게 하겠습니다."

"잘했어. 나가 봐."

"예."

김홍수는 고개를 깊숙이 숙이며 방에서 나갔다.

대산그룹에서 임원이 아닌 부장 직급은 개인 방을 가질 수 없었지만, 이중호는 대표인 박명준의 배려로 개인 방을 가지고 있었다.

"음, 이대로 보고하면 안 되겠지."

탐사 보고서를 살펴보는 이중호의 미간이 살짝 구겨졌

다. 미국의 자원탐사회사에 의뢰한 1차 지구 탐사 보고서에는 천연가스와 원유의 존재 가능성을 크게 보지 않았다.

현재 대산에너지는 1차, 2차, 3차 탐사 지구로 나누어서 자원탐사를 진행하고 있었다.

이중호는 책상에 놓인 인터폰을 눌렀다.

"최 대리 좀 들어오라고 해."

—예, 알겠습니다.

이중호는 비서가 딸려 있었다.

잠시 뒤 최성근 대리가 이중호의 방으로 들어왔다. 그는 이중호의 말을 전적으로 따르는 인물이었다.

"부르셨습니까?"

최성근은 이중호 부장에게 깍듯하게 인사를 건네며 말했다.

"이 보고서를 좀 고쳐와. 이놈들이 돈만 처먹고 일을 제대로 하지 않은 것 같아."

이중호는 김홍수 과장이 가져온 보고서를 최성근에게 건네주었다.

"어떻게 작성할까요?"

최성근은 조심스럽게 이중호에게 되물었다.

"어, 그래. 이 보고서처럼 만들어 와. 수치는 적당히 알아서 하고."

이중호는 책상 서랍에서 러시아에서 입수한 탐사 보고서를 최성근에게 주었다.

"예, 알겠습니다."

최성근은 이중호가 무엇을 원하는지 알고 있었다. 최성근이 밖으로 나가자 이중호는 기지개를 켜며 푹신한 의자에서 일어났다.

이중호는 보고서보다 자신의 감을 믿었다.

러시아에서 입수한 탐사 보고서는 1차 탐사 지구에 천연가스의 존재 가능성을 크게 보았다.

"탐사 보고서상의 수치야 늘 변하는 거지. 반드시 찾을 수 있을 거야."

창밖으로 보이는 한강을 바라보는 이중호는 주먹을 불끈 쥐었다.

지금까지는 자신이 원하는 대로 일이 진행되고 있었다.

*   *   *

송관장을 비롯한 가인이와 예인이가 이사를 왔다.

"어서 오세요. 내 집처럼 편안하게 지내세요."

어머니는 세 사람을 반갑게 맞이해주었다. 어머니는 가인이를 이미 며느리처럼 생각하고 있었다.

"하하! 감사합니다. 당분간 신세 좀 지겠습니다."

송관장은 밝게 웃으면서 말했다. 내년 6월에 입주 예정인 송관장의 집은 멋지게 태어날 예정이었다.

"어머니, 힘든 일 있으시면 앞으로 저희에게 시키세요."

"아이고, 말만 들어도 고마워. 가인이하고 예인이는 더 예뻐졌네."

환하게 웃으면서 어머니에게 인사를 건네는 가인이와 예인이의 등을 어머니는 반갑게 쓰다듬었다.

"짐은 이게 마지막이지?"

나는 가인이와 예인이가 가져온 짐을 2층으로 올리고 있었다.

어제 이삿짐 대부분을 옮겨 왔었다.

"어, 맞아."

"우리 아들이 제대로 안 해주면 나한테 꼭 말해."

"엄마도 참… 내가 가인이에게 얼마나 잘하는데. 안 그래?"

어머니의 말에 나는 가인이를 보며 물었다.

"글쎄, 잘하는 건지 난 잘 모르겠는데."

가인이의 입에서는 내가 원하는 대답이 나오지 않았다.

"야, 이놈아. 남자가 생각하는 거 하고 여자가 생각하는 게 다른 거야. 어디 가서 가인이 같은 며느릿감이 있는지

봐라. 있을 때 잘해야 하는 거야. 차 떠나면 다 소용없어."

"아니, 엄마는 아직 며느리도 아닌데 가인이만 편드세요."

"내가 아들 하나만 더 있었으면 예인이도 며느리 삼고 싶어. 하여간에 똑똑하고 예쁜 여자의 말을 잘 들어야 자다가도 떡이 나오는 거야. 알아서 가인이 말 잘 들어."

어머니는 가인이와 예인이를 무척이나 예뻐했다. 두 사람 다 눈에 띄는 외모에다가 공부도 잘하고, 특히나 어른에게 싹싹했다.

"하하하! 어머니께서 우리 두 딸을 많이 예뻐해 주셔서 마음이 놓이네요."

어머니의 말을 듣고 있던 송관장이 큰 소리로 웃으면서 말했다.

송관장 또한 가인이와 내가 맺어진다는 것을 당연하게 생각했다.

"역시! 우리 어머님이 사람 보시는 눈이 탁월하세요. 어머니, 부엌 구경 좀 시켜주세요."

"어, 그래. 예인이도 가자."

가인이는 어머니의 팔에 매달리며 애교를 떨었다. 세 사람은 자연스럽게 부엌으로 향했다.

'와! 여우가 따로 없네. 언제부터 저런 아부 내공을 가지고 있던 거냐?

지금 보이는 가인이의 행동에서 내 미래의 모습이 그려졌다.

"야, 대단하다."

"으음, 내 딸이지만 나도 가끔 무서울 때가 있어."

조용히 읊조리는 내 말을 들었는지 송관장이 내 어깨를 가볍게 치며 말했다.

"후! 제가 감수해야죠. 오늘 찐하게 입주 환영식을 해드리겠습니다. 이쪽으로 올라가시지요."

"그래야지. 잘 지었어, 집이 정말 넓고 좋은데."

송관장은 집을 둘러보며 말했다. 어찌됐건 가인이와 예인이가 이사를 온 것은 기분이 좋았다.

언제나 좋은 사람들과 함께하는 것을 늘 바라왔기 때문이다.

송관장과 가인이와 예인이를 환영하는 파티 겸 저녁 식사가 잔디가 잘 정돈된 앞마당에서 벌어졌다.

마당에서 푸짐하게 준비한 고기를 굽고, 어머니가 심어놓은 상추와 고추를 따서 함께 식사를 했다.

옆집에 사는 김만철과 그의 가족들도 함께 저녁 식사에 참석했다.

"제가 한잔 드리겠습니다."

송관장은 아버지에게 공손히 술을 따랐다.

"사돈께서 집에 들어오시니 집안이 훨씬 활기차 보입니다."

아버지는 송관장을 사돈으로 불렀다.

그 소리에 음식을 나르고 있는 가인이의 얼굴에 자연스러운 미소가 지어졌다.

"하하! 그렇게 생각해 주시니 고맙습니다. 태수 덕분에 아주 좋은 집에 살게 되었습니다."

"하하하! 예, 저도 요즘 태수 때문에 살맛 납니다. 자, 한잔하시죠."

아버지는 얼굴에 만족스러운 웃음을 지으며 송관장과 잔을 마주했다.

행복한 웃음을 보이는 아버지를 보고 있자니 나 또한 모르게 흐뭇한 미소가 지어졌다.

아버지는 이곳으로 이사 온 후 더욱 건강해지셨다.

"뭐해? 고기 타잖아."

멍하니 웃고 있는 내 모습에 지나가던 가인이가 한마디 던졌다.

"어, 그래. 너도 이제 앉아서 먹어."

"어머니께서 일하시는데 내가 먼저 어떻게 먹어."

"야! 정말 그렇게 말하니까, 강씨 집안 며느리 같은데."

"복 받은 줄 알아. 이렇게 참하고 예쁜 며느릿감은 대한민국에 흔치 않으니까."

"하긴. 예쁘고, 똑똑하고, 싸움 잘하는 며느릿감은 대한민국이 아니라 전 세계에서 찾기 힘들지."

"잘 알고 있네. 그러니까 앞으로도 잘하세요, 세 번째 모습을 보지 않으려면 말이야."

가인이다운 말을 하고는 집안으로 음식을 가지러 들어갔다.

"이야! 멋있다. 여자가 저런 당찬 모습도 있어야지."

가인이의 말을 들었는지 김만철이 감탄사를 터뜨리며 나에게로 걸어왔다.

그의 손에는 고기를 담아가려는 빈 접시가 들려 있었다.

"당찬 모습을 경험해 보셨습니까?"

"하하! 아니요."

김만철은 내 말에 멋쩍은 웃음을 보이며 말했다.

"그럼, 말을 하지 마십시오. 그걸 경험해 본 사람만이 공감할 수 있는 말이니까요."

"그렇게 셉니까?"

김만철은 호기심 가득한 표정으로 물었다.

"제가 최선을 다하고 있는데도 아직 넘어서지 못한 벽입니다."

"오! 그 정도인 줄 몰랐습니다."

나는 김만철과 여러 번 대련을 펼쳤었다. 김만철은 나보다 한 수 위의 실력을 갖추었지만, 생사를 넘나드는 실전 경험을 통해서 그 격차가 상당히 좁혀졌다.

기업 활동을 하면서도 아침 운동을 빼먹지 않았고 송관장이 가르쳐 준 무술 동작들 또한 지속적으로 익혀 왔다.

하지만 가인이를 이길 자신이 없었고 현실도 그랬다.

가인이 또한 쉬지 않고 어린 시절부터 송관장에게 배워온 무술 동작과 기술을 더욱 연마하고 있었다.

"그러니 저 친구에게 뭐 하나 잘못하면 어떻게 되겠습니까? 어휴! 생각만 해도 끔찍하네."

"하하하! 우리 회장님의 가장 무서운 천적이 아주 가까운 곳에 있었네요."

김만철은 나의 너스레에 크게 웃으면서 말했다.

볼일을 마치고 돌아온 티토브 정까지 함께하자 저녁 식사는 생각보다 오랫동안 지속했다.

아버지와 어머니는 배가 부르시다며 집 안으로 들어가셨고 남은 사람들은 자연스럽게 술자리를 이어갔다.

김만철의 부인도 집에서 만들어온 북한식 요리를 가지고

와 송관장의 식구들을 대접했다.

이미 형님 아우 사이로 친숙한 송관장과 김만철은 술자리가 깊어지자 자신들이 주된 관심인 무술 이야기로 이어졌다.

송관장은 자신이 백두산에서 수련 중 겪었던 이야기를 털어놓았다.

"생사의 갈림길을 몇 번 겪고 나니까 내가 추구하던 강함이라는 것이 대자연 앞에서는 정말 무력하다는 걸 절실히 알게 되었지. 이전에는 자연 또한 극복할 수 있는 대상이라고 여겼는데, 내 생각이 얼마나 부질없는 것인지 이번 기회에 알게 되었어."

"형님이 많이 변하신 것 같습니다. 이전에는 옆에만 있어도 투기를 불러일으킬 정도로 강한 기운이 느껴졌었는데, 이젠 그런 것이 보이지가 않습니다."

김만철의 말처럼 송관장은 동네에서 흔히 볼 수 있는 아저씨처럼 인상이 예전보다 푸근하게 변해 있었다.

"백두산 천지에 많은 걸 내려놓고 왔지. 자연은 극복하거나 맞상대하는 것이 아니라, 그 속에 동화되어야만 진정한 기운을 얻을 수 있다는 걸 깨달았지. 이전의 우리 선인들은 처음부터 알고 있던 걸 난 너무 늦게 안 거야."

"형님, 상당히 강해지신 것 같습니다. 도대체 얼마나 강해지신 것입니까?"

쉽게 만날 수 없는 고수의 말을 경청하고 있는 김만철은 진지하게 물었다.

"후후! 종이 한 장 차이지."

"종이 한 장 차이요? 그러면 그다지 강해지신 것이 아니지 않습니까?"

나는 구운 고기를 가져다주면서 송관장이 한 이야기를 듣고는 반문했다.

"음, 종이 한 장 차이라. 좀 애매한 말인 것 같기도 하고."

김만철도 고개를 오른쪽으로 갸우뚱하며 송관장의 말뜻을 잘 이해하지 못하겠다는 표정이었다.

"말로 하면 그렇겠지. 접시 놔두고 앞으로 나와 봐."

송관장은 자리에서 일어나 잔디가 풍성하게 자란 쪽으로 나왔다.

나 또한 송관장의 말에 그와 마주 보고 섰다.

"자, 힘껏 날 공격해 봐라."

송관장의 말에 나는 자세를 잡았다. 나와 송관장이 대련 자세를 잡자 주변 사람들의 시선이 모두 쏠렸다.

송관장과는 러시아에서도 몇 번 대련을 펼쳤었다.

"저도 이젠 예전 같지 않습니다. 긴장 좀 하셔야 할 겁니다."

내가 이렇게 말하는 것은 나 또한 무공에 대한 이해가 깊어졌기 때문이다.

신체적인 능력을 넘어선 뛰어난 머리가 새로운 감각과 이해를 몸에 가져오고 있었다.

'음, 별로 달라진 것이 없어 보이는데…….'

송관장의 자세를 유심히 살폈지만, 종이 한 장 차이의 변화를 난 감지할 수 없었다.

모스크바에서 송관장과 대련했을 때와 별반 다르지 않은 모습이었다.

'겪어보면 알겠지.'

"갑니다."

힘 있게 땅을 박차면서 송관장에게 몸을 날렸다.

송관장의 근접 거리에 도달해서는 몸을 좌우로 흔들면서 권투의 위빙 동작으로 그의 공격에 대비하며 정면으로 파고들었다.

실전에서 사용되는 날렵하고 간결한 동작이었고, 웬만한 공격은 충분히 막을 수 있는 자세이기도 했다.

송관장의 공격 범위에 들었지만, 그는 움직임이 없었다.

'그럼, 내가 먼저…….'

왼손이 빠르게 송관장의 얼굴로 향했다. 그의 움직임을 보려는 공격이었다.

송관장이 고개를 숙이거나 뒤로 물러나는 움직임에 따라서 힘이 들어간 오른손이나 발을 이용한 다음 공격으로 그를 노릴 것이다.

'설마 이 공격이 성공할 줄이야⋯⋯.'

왼 주먹이 예상과 달리 송관장의 얼굴에 명중할 것이라는 확신이 들었다.

송관장은 자신의 얼굴로 향하는 주먹을 바라보고만 있었다.

하지만 주먹이 얼굴에 닿으려는 순간 송관장의 머리가 살짝 돌아가면서 내 주먹이 그의 얼굴을 스치듯 지나갔다.

그는 거의 움직임이 없이 빠른 공격을 무력화시켰다. 내가 예상했던 동작이 아니었다.

'이런 식으로 피하는 게 가능한가?'

머릿속에서 들었던 의구심과 함께 나는 오른 주먹을 송관장의 왼쪽 옆구리를 향해 휘둘렀다.

짧은 동선으로 최대한 빠른 타이밍에 2차 공격이 이루어진 것이다.

분명 뒤로 물러나게 할 만한 공격이었다.

하지만 그건 나의 생각일 뿐이었다.

마치 공격을 이미 예상했던 것처럼 송관장의 왼손이 자연스럽게 내 오른 주먹의 손등을 쳐 주먹의 방향을 바꾸었고, 몸을 살짝 트는 것만으로 내 공격을 가볍게 피했다.

'이게 뭐지? 손등에 가해진 힘이 그리 강하지 않았는데……'

주먹의 방향을 바꿀만한 힘이 아니었다. 더구나 송관장은 별다른 동작 없이 두 번의 공격을 무력화시켰다.

첫 번째 공격은 그렇다 치고 두 번째는 정말 어이가 없었다.

모스크바에서 대련할 때와 너무 달랐다.

"어떻게 하신 것입니까?"

나는 자세를 풀고서 송관장에게 물었다.

"오감이 확대되었다고 해야 할까? 네가 날 공격하겠다는 의지에서 나오는 기운을 이전보다 더 잘 느낀다고 해야겠지. 눈으로 보이는 것을 넘어서 촉각이나 청각에서 전해져 오는 느낌에 더 민감해진 것이야."

솔직히 송관장의 말이 무얼 말하는지 알쏭달쏭했다.

"도대체 전 잘 모르겠습니다."

내 말에 대련을 보고 있던 티토브 정이 입을 열었다.

"형님께서는 일정한 경지를 넘어선 것입니다. 이번 수련을 통해서 큰 깨달음을 얻으신 것이시지요. 축하드립니다, 형님."

티토브 정은 송관장을 향해 인사를 건네며 축하해 주었다.

"하하하! 역시 정 아우의 눈을 속일 수는 없군."

송관장은 티토브 정의 말에 큰소리로 웃으면서 말했다. 송관장의 실력을 제대로 볼 수 있는 것은 티토브 정이었다.

그리고 뒤에서 나와 송관장의 동작을 유심히 살피던 가인이와 예인이의 얼굴에도 살며시 미소가 서려 있었다.

나와 김만철만이 지금 상황을 이해할 수 없다는 듯이 멀뚱히 있을 뿐이었다.

Chapter 7

　어떤 일이든 예측하면 뜻을 이루고, 그러지 못하면 실패한다는 말이 있다.

　정보산업이 고도로 발달하고 있는 지금의 시대에도 시장의 형태는 끊임없이 변해가고 있었다.

　그 변화를 파악하고 놓치지 않기 위한 곳을 방문했다.

　여의도에 마련된 소빈뱅크 서울지점의 6층에 마련된 딜링룸(dealing room: 매매 및 거래전용 사무실)에서는 국내 주식들을 거래하고 있었다.

　아직은 인터넷 상거래가 시행되지 않고 있었지만, 소빈

뱅크의 딜링룸에는 일반 증권사 영업장에서 볼 수 있는 전광판과 함께 시간대별로 현재가, 기준가, 거래량을 비롯한 종목별 상세 현황을 분석할 수 있는 최고 사양의 컴퓨터들이 책상마다 놓여 있었다.

이미 92년 1월 3일부터 국내 주식시장이 외국인들에게 개방되어 실명으로 주식을 거래할 수 있게 되었다.

거기다가 소빈뱅크는 주식거래에 대한 허가를 받아놓은 상태였다.

"대우중공업의 자산재평가 확정과 헬기합작 생산 합의가 예상한 대로 공시가 이루어져 상한가에 들어갔습니다."

대우중공업은 자산재평가에 따른 큰 폭의 무상증자가 이루어질 것이라는 정보를 입수했었다. 또한 러시아와 합작으로 헬기생산 합의가 이루어졌다는 것도 미리 알고 있었다.

이 모든 정보를 이미 소빈뱅크는 몇 주 전에 입수한 상태였다.

"대림산업, 경향건설, 한신공영, 남광토건, 대우건설이 상한가에 진입했습니다."

건설주들은 조정 기간을 거친 후 투신사의 스파트 펀드의 편입설과 증자설에 힘입어 무더기 상한가에 진입했다.

스파트 펀드란 주식시장에서 인기주로 부상할 가능성이

있는 특정 테마군의 주식들을 소규모로 묶어 단기간에 고수익을 올릴 수 있도록 고안된 주식형 수익증권을 말한다.

이 펀드의 특징은 기존 펀드들이 200억~500억 원 정도의 대규모로 설정되어 70~80개 종목에 폭넓게 투자하는 것과는 달리, 50억 원 안팎의 소규모로 설정하여 테마 주식군 20~30개 종목에 집중적으로 투자했다.

25개의 책상에서 각자가 맡은 종목들을 파악하고 있는 직원들의 보고가 올라오고 있었다.

"정보팀에서 보내온 정보들을 토대로 매매를 진행하고 있습니다."

함께 딜링룸을 바라보고 있는 소빈뱅크의 서울지점 그레고리의 말이었다.

국내에서 운영되는 정보팀과 러시아에서 운영되고 있는 코사크의 정보팀에서 보내오는 국내외의 정보와 세계 주요 동향들이 여의도 딜링룸으로 들어오고 있었다.

"투자 이익은 얼마나 얻었습니까?"

"이번 달을 지켜봐야 하겠지만, 한화로 120억을 넘어설 것 같습니다."

소빈뱅크 서울지점이 두 달만에 이루어 낸 결과였다.

종합적이고 광범위한 정보만으로는 국지적인 시장 상황이나 변화를 얻을 수 없었다.

세밀하고 정확한 정보 수집의 극대화가 이루어낸 결과이기도 했다.

*　　　*　　　*

각 회사의 대표 선임과 회사별 지분 배분이 끝나자마자 닉스홀딩스의 창립식을 거행했다.

언론사의 기자들이나 다른 기업의 대표들도 일절 참석하지 않은, 온전히 닉스홀딩스 산하에 있는 회사들의 관계자와 지분 관계에 있는 러시아의 룩오일NY 계열사들의 대표들만이 참석했다.

아직은 외부에 닉스홀딩스의 존재를 알리고 싶지 않았고 나를 드러내지 않기 위해서였다.

모든 회사별 지분 관계 정리도 조용히 진행했다.

외부 인사로는 유일하게 주한러시아 대사인 볼코프 쿠나제가 참석했다.

"닉스홀딩스의 설립은 새로운 도약을 맞이할 수 있는 준비이며 새 시대를 맞이할 수 있는 문을 여는 시발점이 되는 것입니다. 닉스홀딩스는 기존과는 다른 기업 문화와 직원들의 복지에도… 국가 발전과 국민의 번영을 위해서도 힘써 나갈 것입니다."

연설이 끝나자 창립식에 참석한 사람들이 힘차게 박수를 보냈다.

연설 후에는 곧바로 명성전자와 도시락의 대표에 대한 임명장 수여식이 있었다.

명성전자는 나와의 인연이 각별했던 이철용 이사가 대표이사에 임명되었고, 도시락은 송도영 기획실장이 대표를 맡게 되었다.

송도영은 전략적 사고와 안정성을 두루 갖춘 인물로 도시락을 잘 이끌어갈 수 있는 인물로 45살의 젊은 대표다.

"잘 부탁합니다."

"예, 회장님께 보답할 수 있게 최선을 다하겠습니다."

내 손을 정중히 잡은 송도영은 고개를 숙이며 말했다.

"이철용 대표님도 잘 해주셔야 합니다."

"부족한 저를 이 자리까지 올려주시니 정말 감사할 뿐입니다. 열심히 하겠습니다."

나는 이철용 대표를 통해서 명성전자와 인연이 만들어졌었다.

창립식이 열린 하얏트호텔의 연회실 근처에는 경호팀들이 외부 인물들의 접근을 막았다.

"진심으로 축하드립니다."

외부 인사로는 유일하게 참석한 주한러시아 대사인 쿠나

제 대사가 축하의 인사를 건넸다.

"감사합니다. 한국에서의 생활은 어떻습니까?"

쿠나제 대사는 5월에 새롭게 한국에 부임했다.

"날씨도 좋고 한국 사람들이 다들 친절하게 대해주어서 생활하기가 편합니다."

주한러시아 대사관은 중구 서소문로 정동제일교회 뒤편에 자리하고 있었고, 대사관저는 한남동에 자리했다.

"언제든지 필요한 것이 있으면 말씀하십시오."

"늘 관심을 가져주셔서 감사합니다. 회장님 덕분에 한국으로 올 수 있게 된 걸 잊지 않고 있습니다."

50대 중반의 쿠나제 대사는 1남 1녀를 슬하에 두고 있었다. 그중 첫째인 장남이 몸이 불편했고, 모스크바에서 치료하기 힘든 질병이었다.

한국에는 그 질병과 관련된 세계적인 전문의가 있었고, 쿠나제는 이런 이유로 한국행을 원했었다.

원래 그는 태국으로 대사 발령이 될 예정이었다.

"한국과 대사님이 인연이 있었기 때문입니다. 아드님의 치료는 잘 진행되고 있습니까?"

나는 쿠나제 대사 아들의 치료비를 전액 지급해 주었다.

"예, 모스크바에 있을 때와는 몰라보게 달라졌습니다."

"잘 되었습니다. 러시아로 돌아갈 때까지 건강을 최소한으로라도 되찾아야 합니다. 앞으로 모스크바에 소빈메디컬 센터가 완공되면 외국에서 치료를 받지 않아도 될 것입니다."

"감사합니다. 회장님이 아니었으면 러시아의 경제가 지금보다 훨씬 좋지 않았을 것입니다. 저를 비롯한 외무부 쪽에서는 회장님을 지지하는 친구들이 상당합니다. 러시아가 올바른 방향으로 변화를 바라고 있지만, 국내외적으로 힘든 여건에 놓여 있습니다."

쿠나제 대사의 말처럼 러시아의 정치인과 관료들 중 나를 존경하고 지지하는 인물들이 상당했다.

그들의 지지는 곧 러시아에서의 영향력이 커지는 것을 말하는 것이었고 내 위치를 탄탄하게 하는 일이었다.

그것이 러시아에서 벌이고 있는 사업들을 철옹성처럼 굳건하게 만드는 요인이기도 했다.

"저는 러시아를 제2의 고향으로 여기고 있습니다. 러시아와 한국이 함께 발전해 나갈 수 있게끔 앞으로도 많은 투자를 진행할 것입니다. 그 점을 알아주시어 러시아 정부에서도 많은 도움을 주셔야 합니다."

"물론입니다. 사실 많은 한국의 기업들이 러시아로 향하고 있지만, 실질적으로 회장님께서 운영하시는 기업처럼 러시아 경제에 도움을 주는 곳은 그리 많지 않습니다. 정부도 그 점을 충분히 알고 있습니다."

러시아 진출에 걸림돌이 되었던 규제들이 하나둘 사라지자 외국인 투자가 상당히 늘어났다.

한국과 일본도 작년과 비교해 2배 이상의 대 러시아 투자가 이루어졌다. 하지만 대부분 장기적인 투자가 아닌 대부분 단기적인 성과를 내기 위한 소비재 투자가 주를 이루었다.

러시아가 자본주의로 변화하면서 겪고 있는 가장 큰 어려움은 기본 소비재뿐만 아니라 주요 물자가 전반적으로 매우 가파르게 물가 상승 중이라는 점이었다.

"러시아의 경제가 다시 일어나려면 국민들의 변화도 중요하지만, 정부 관리도 달라져야 합니다. 너무 많은 곳에서 힘이 낭비되고 부패가 만연하고 있습니다."

"예, 저도 그 점에 대해서는 회장님의 말씀에 공감합니다. 러시아는 분명 대국이지만 지금은 그 대국에 걸맞은 행동을 하지 못하고 있습니다."

쿠나제는 자신의 조국인 러시아를 진정 사랑하는 인물이면서 현실을 직시할 줄 아는 사람이기도 했다.

"러시아가 올바르게 변화하지 않는다면 미국에게 많은 것을 내어주게 될 것입니다. 그리고 이번에 도움은 잘 받았습니다."

대내외 사업과 연관된 기밀 자료와 함께 러시아가 가지

고 있는 첨단 기술 자료를 외교행낭을 통해 국내로 반입시켰다.

외교행낭은 본국 정부와 재외공관 사이에 문서나 물품을 넣어 운반하는 가방이며 암호 장치와 함께 납봉을 한 후 발송한다.

외교행낭 안의 내용물에 관해서는 재외공관 주재국 정부나 제3국이 열어볼 수 없도록 국제법으로 보장되어 있으며 어떤 상황에서도 상대국이 자의적으로 열어보거나 유치(留置)할 수 없다.

"맞는 말씀입니다. 그리고 언제든지 말씀하십시오. 행낭은 회장님을 위해 열어놓겠습니다."

"감사합니다. 부인께 안부 전해주십시오. 제가 보낸 꽃이 마음에 들어 하실지 모르겠습니다."

소빈 뱅크의 인출 카드를 보내겠다는 뜻이었다. 난 도움을 주는 인물에게는 철저하게 보답했다.

"우리 가족을 늘 신경 써주셔서 감사할 뿐입니다."

"앞으로도 늘 대사님 가족들과 함께할 것입니다."

내 말에 쿠나제 대사의 얼굴에는 미소가 서렸다. 나의 도움을 받는다면 그는 외교부에서도 상당한 지위에 올라설 수 있기 때문이다.

내가 가진 돈과 권력은 시간이 흐를수록 러시아에서 더

욱 커지고 있었다.

*   *   *

닉스홀딩스는 여의도에 13,300㎡(4,023평)의 공터를 사들였다.

이 부지 위에다 닉스홀딩스의 본사를 지을 계획이다.

닉스홀딩스 타워에는 소빈뱅크 서울지점과 룩오일NY 산하의 기업들도 입주시킬 예정이다.

부지 구매 자금은 2천억으로, 1천억 원은 자체자금으로 나머지는 소빈뱅크 서울지점에서 빌려왔다.

닉스홀딩스의 자금은 각 계열사와의 주식 교환과 지분 매매를 통해서 자금을 융통했다.

앞으로 계열사의 주식 배율에 따른 배당금을 받게 되는 닉스홀딩스는 향후 각 계열사의 주식 상장을 통해서 큰 이익을 가져올 것이다.

닉스홀딩스는 한편으로 국내외로 저평가된 회사나 기술력이 뛰어난 벤처 회사들을 발굴해 투자를 진행했다.

그중 하나가 일본의 소프트뱅크였다.

재일교포 3세인 손정의가 대표로 이끄는 회사로 1981년 자본금 1억 엔에 직원 2명과 함께 후쿠오카현 오도시로시에 설립한 회사다.

일본의 대형 출판 업체이자 소프트웨어 판매 업체로 성장한 소프트뱅크사는 미국 최대의 컴퓨터 관련 출판사인 지프 데이비스 커뮤니케이션스사의 전시회 사업 부문을 인수하기로 했다.

인수 금액은 2억2천만 달러로 지프 데이비스사의 전시회 사업부문은 정보네트워크 면에서 세계 최대 규모의 종합이벤트를 기획하고 운영하는 사업 분야였다.

소프트뱅크는 지프 데이비스사의 지명도를 이용하여 네트워크용 기기와 소프트웨어의 판매를 비롯한 출판 사업으로도 사업 영역을 확대해 나가려는 계획이었다.

하지만 인수 가격이 너무 높아 시장에 부정적인 견해로 인해 자금 조달에 어려움이 생겼다.

그 시점에 닉스홀딩스는 소프트뱅크에 대한 2억 달러를 투자하기로 했고, 소프트뱅크의 5.5% 지분을 가져왔다.

소프트뱅크는 닉스홀딩스가 투자한 돈으로 계획한 대로 전시회 사업 부분을 인수했다.

"소프트뱅크에 대한 투자가 마무리되었습니다. 그런데 정말 소프트뱅크가 가능성이 있는 것인지 전 잘 모르겠습니다. 시장에서는 소프트뱅크의 투자를 상당히 비관적으로 바라보고 있었습니다."

닉스홀딩스 김동진 비서실장이 궁금한 듯 내게 물었다.

1년에 8천억 정도의 매출을 올리는 회사가 매출액에 25%에 해당하는 금액을 들려서 일본 내의 회사도 아닌 미국의 PC 분야 출판사인 지프 데이비스의 전시회 부문을 인수한다는 것이 연관성이 전혀 없어 보였다.

더구나 인수 회사가 앞으로도 큰 수익이 날 수 있는 분야도 아니었다.

"소프트뱅크를 이끄는 손정의 대표는 미래를 내다볼 줄 아는 사람입니다. 그는 지금 보이는 시장의 부정적인 견해를 뛰어넘는 큰 시너지를 만들어 낼 것입니다. 우리와 좋은 관계를 맺어났으니, 앞으로도 투자를 위해 손을 지속해서 내밀 것입니다."

내 말은 틀리지 않았다. 소프트뱅크는 몇 달 뒤에도 세계 최대 컴퓨터 전시회인 컴덱스를 인수하기 위해 닉스홀딩스에게 투자를 요청했다.

"회장님을 오랫동안 모시지 않았지만, 제가 볼 때는 회장님께서 미래를 내다보시는 것 같습니다."

김동진 실장이 느끼는 진심이었다.

내가 관장하는 사업들 대부분이 시장을 주도하거나 선점하는 제품을 생산하고 있었다. 기업들을 운영하는 사람들 누구나가 바라는 일들을 나는 아무렇지 않게 해내고 있었다.

더구나 남들이 수십 년에 걸쳐서 이루어낼 일들을 단 몇 년 만에 이루어낸 것이다.

그러한 과정에서 내가 내렸던 수많은 판단과 결정 중 단 하나도 틀린 것이 없었다는 것이 놀라운 일이었다.

"하하하! 정말 그렇게 보이십니까?"

김동진 실장의 말에 웃음이 났지만, 그의 말은 틀리지 않았다.

창업을 통하여 회사가 성장해 중견기업까지 올라서기까지 엄청난 시련과 어려움이 따른다. 중견기업까지 올라설 수 있다는 것은 경영 능력과 함께 운도 따라야만 가능했다.

수많은 회사가 창업하지만, 중견기업에 올라서기 전에 회사들 대다수가 경쟁에 밀려 시장에서 퇴출당하거나 새로운 패러다임과 변화를 따라가지 못해 도태되어 사라지기 때문이다.

하지만 난 중견기업을 뛰어넘어 러시아의 기업들을 포함하지 않더라도 대기업에 들어서고 있었다.

"예, 대부분 기업의 오너들은 단기간에 발생할 수 있는 이익에 치중하고 회사의 덩치를 키우는 데 열중합니다. 한데 회장님께서는 중장기적인 사업들과 첨단 사업은 물론이고 회사들의 브랜드를 만들어내시는 것이 놀라웠습니다."

미국에서 경영과 회계학을 공부하고 맥킨지 앤드 컴퍼니

와 시티뱅크 등 국내외 기업을 거친 김동진 실장은 능력이 뛰어난 인물이었다. 그는 내가 추구하고 있는 바를 꿰뚫어 보고 있었다.

무형의 자산인 브랜드는 미래를 이끌어갈 또 하나의 무기였다.

앞으로의 미래는 더욱 복잡해지고 첨단화를 요구하는 시대이다. 하지만 세상이 복잡해질수록 사람들은 매사를 단순화하고 싶어 한다.

더구나 인간의 두뇌는 한꺼번에 7가지 이상의 정보를 기억하기 힘들다. 사람들은 7개는커녕 카데고리별로 2~3개의 브랜드만을 떠올릴 뿐이다.

지금도 고객들의 머릿속에 브랜드를 각인시키기 위해서 수많은 세계적인 기업들이 엄청난 비용을 쏟아부으며 경쟁하고 있다.

하지만 한국의 기업들은 아직 브랜드의 가치와 파워을 중요하게 생각하고 있지 않았다.

"맞습니다. 브랜드는 어떤 제품이나 서비스에 대한 소비자들의 모든 경험을 담는 그릇입니다. 또한 고유 브랜드는 제품의 충성스러운 사용자들이 계속 그 제품을 사용하게 만들어줍니다."

시장을 선도하고 있는 닉스와 블루오션은 생산하고 있는

제품에 대한 광고를 내보내지 않았다.

두 회사 모두 브랜드를 알리는 광고에 중점을 뒀다. 처음 광고를 접한 소비자나 시장의 반응은 이게 뭔가 하는 반응이었다.

하지만 지금은 닉스와 블루오션의 이름은 최고와 첨단이라는 단어들로 인식되고 있었다.

두 회사 모두 국내를 벗어나 글로벌 브랜드로 더욱 기듭나야만 한다.

그래야만 지속해서 제대로 된 가격을 받을 수 있다.

브랜드가 의미를 지니지 못할 때는 처절한 가격 경쟁을 벌여야 한다. 어떤 브랜드를 선택해야 할지 모를 때, 소비자들은 가격을 기준으로 해서 상품을 선택하게 되기 때문이다.

"회장님께는 제가 조언해 드릴 것이 없을 것 같습니다. 제가 늘 많은 것을 배우고 있습니다."

미국에서 인연을 맺었던 김동진 비서실장은 이사급 대우를 받고 있었다.

"김 실장님께서 말씀을 많이 해주셔야 합니다. 제가 선택하는 것이 옳다고 보일지 몰라도 그것이 늘 정답일 수는 없으니까요."

내 말에 김동진은 대답 대신 정중하게 고개를 숙였다. 그

는 진심으로 나를 따르는 인물이자 회사의 핵심 멤버이기
도 했다.

회사가 커갈수록 뛰어난 인재들의 수요 또한 늘어나고
있었다.

*   *   *

연말이 다가오자 매년 그랬듯이 사람들은 많은 약속과
일정들에 분주해지고 모임들도 많아졌다.

우리 집에 함께 지내고 있는 가인이와 예인이도 학교 모
임으로 집을 비웠다. 두 사람이 약속이 있는 날, 나는 모처
럼 집에서 한가한 시간을 보내고 있었다.

그때 책상 위에 올려두었던 삐삐가 요란하게 울렸다.

LCD 위로 찍힌 번호는 어디서 본 듯한 번호였다.

"음, 누구였지?"

알고 있는 번호라는 생각에 액정의 뜬 전화번호를 눌렀
다.

수화기에서 들려온 신호가 세 번 정도 지난 후에야 전화
를 받았다.

―안녕하셨어요? 저 수진이에요.

수화기 너머로 들려온 목소리는 이수진이었다. 아마도

방학을 맞이해 한국에 들어온 것 같았다.

"안녕하셨어요. 한국에는 언제 들어오셨어요?"

생각지도 못한 목소리에 습관적인 인사를 건넸다.

─어제 왔어요. 태수 씨… 오늘 시간 되세요?

이름을 부른 후, 잠시 뜸을 들인 이수진의 가녀린 목소리에서 간절함이 느껴졌다. 그 때문일까? 나는 그녀가 원하는 대답을 해주었다.

"아, 예! 특별한 일은 없는데, 그럼 저녁이나 함께하실까요?"

─아, 고마워요. 제가 어디로 나갈까요?

이수진은 날 만날 수 있다는 것 때문인지 살짝 목소리 톤이 높아졌다.

"홍대에서 볼까요? 6시 30분 어떠세요?"

닉스 본사가 있었던 홍대 근처에 맛있는 식당을 알고 있었다.

─좋아요.

"그럼, 홍대 2번 출구 앞에서 보시죠."

─예, 그때 뵐게요.

이수진은 약간 들뜬 목소리로 전화를 끊었다.

"후후! 내가 언제부터 여자에게 인기가 있었는지 모르겠네."

이전의 삶과 전혀 다른 점 중 하나는 나를 좋아해 주는 여자들을 만났다는 점이다.

가인이와 예인이를 비롯해 다들 미모와 재능이 뛰어난 여자들을 말이다.

물론 대산그룹의 이수진을 일부러 멀리하려 했지만, 말처럼 쉽지 않았다. 특히 오늘처럼 목소리에 애절함이 느껴질 때는 도저히 거절할 수가 없었다.

더구나 이수진은 부족함이 없는, 모든 면에서 뛰어난 여자였다.

"내가 뭐가 좋다고……."

거울에 비친 내 모습을 보며 혼잣말을 내뱉었다.

거울 속에 비친 내 모습은 이전 삶과 크게 달라지지 않았지만, 눈빛이 달라져 있었다.

사람의 중심을 꿰뚫어보는 눈이라고 말할 수 있는 것처럼 내 눈빛은 일반사람을 압도하는 눈빛이었다.

Chapter 8

토요일 저녁의 홍대는 사람들로 붐볐다.

연말을 맞이해서인지 주변 상가들에서는 캐럴이 들려왔다.

약속 장소인 홍대입구역에 도착하자마자 나는 이수진을 찾았다. 홍대입구역 주변에는 사람들이 넘쳐났지만, 나는 이수진을 쉽게 찾을 수 있었다.

그 이유는 수많은 인파에 묻혀 있어도 이수진의 외모가 도드라졌기 때문이다.

"제가 좀 늦었습니다."

제시간에 홍대입구역에 도착했지만, 지하철 밖으로 나가는 것이 힘들 정도로 수많은 사람들이 홍대를 찾았다.

"아니에요, 저도 지금 왔어요. 한데 정말 사람이 많아요."

미소를 지으며 말하는 이수진은 이런 상황을 처음 겪는지 약간은 놀라는 말투였다.

"연말인 데다 오늘이 토요일이라서 더 그럴 것입니다. 이런 분위기가 좀 어색하시죠?"

늘 부족함 없이 부유하게 자란 이수진은 복잡한 장소를 많이 접하지 않았을 것이기 때문이다.

아니 어쩌면 미국에서 생활했던 이수진은 홍대를 처음 와봤을 수도 있었다.

"아니에요. 활기차고 좋아 보여요."

"이쪽으로 가야 합니다. 혹시, 보쌈은 좋아하세요?"

닉스 본사에 머물렀을 때 자주 찾았던 보쌈집이 있었다. 가게는 그리 크지 않았지만, 족발과 보쌈을 아주 맛있게 하는 맛집이었다.

"아, 예. 몇 번 먹어봤어요. 전 아무거나 괜찮아요, 태수 씨가 좋아하시는 곳으로 가세요."

이수진은 환한 미소로 말했다. 그녀의 미소는 보는 사람의 마음을 움직일 만한 미소였다.

5평이 조금 안 되는 자매보쌈집은 젊은 남녀들로 가득했다. 빈자리를 둘러볼 때쯤 뒤편에 있는 작은 방에서 손님들이 나오고 있었다.

작은 방에는 4개의 테이블이 놓여 있었다.

식당 안으로 들어선 이수진은 보쌈집 특유의 고기 삶는 냄새에 살짝 미간을 찡그리는 것이 보였지만, 곧바로 그녀 본래의 표정의 돌아왔다.

"보긴 이래도 맛이 아주 좋습니다."

자매식당은 밖에서 보기에도 여기저기 낡은 단층집이었는데, 식당 안쪽도 외관만큼이나 세련된 것이라고는 전혀 없었다.

"예, 그래 보이네요."

사실 이수진이 보쌈을 먹어 보았는지 아니면 이런 곳을 와 보았는지는 알 수 없었다.

나는 재벌 집 자녀들이 어떤 곳을 이용하고 주로 다니는지 어느 정도는 알고 있었다.

'후후! 이런 곳은 처음 와보는 것 같은데…….'

이수진은 밝게 웃으며 말했지만, 가방 안에서 꺼낸 손수건을 자주 코에 가져다 대었다.

"불편하면 나갈까요?"

"아니에요. 저도 이런 곳에서 한번 식사를 하고 싶었어요."

이수진의 말에 답이 나왔다. 그녀는 이런 곳도 처음이었고, 아마 보쌈도 처음 먹어보는 것일 것이다.

그때 식당에서 일하는 이모가 선지가 섞인 시래깃국을 가져왔다.

"오랜만에 오셨네요?"

이모는 날 알아보았다.

"안녕하셨어요? 회사가 이사해서 자주 못 와봤네요."

"그러셨구나. 보쌈 2인분 드릴까?"

"보쌈하고 족발을 섞어서 주세요."

"술은?"

"소주하고 맥주 한 병 주세요."

이수진은 소주를 마시지 못했다.

"OK! 주문 받았습니다."

이모가 주문을 받는 사이 이수진은 국그릇에 담겨 있는 시래깃국을 멀뚱히 바라보고 있었다.

"먹어 보세요. 맛이 괜찮습니다."

수저를 들고서 망설이고 있는 이수진에게 말하며 내 앞에 있는 시래기 선짓국을 떠먹었다.

이수진도 내 모습에 살짝 국물을 떠서 입으로 가져갔다.

국을 먹어본 이수진의 표정은 미묘하게 변했다.

입맛에 맞지 않는지 수저를 살며시 테이블에 내려놓았다.

"한데, 이건 뭐죠?"

이수진은 무척 궁금한 표정으로 선지를 손가락으로 가리키며 물었다.

"선지입니다."

"선지요? 그게 뭐죠?"

이수진은 호기심 많은 아이처럼 내게 물었다.

'선지를 전혀 모르는 것 같은데……. 말해야 하나?'

선지를 모르는 이수진에게 말하기가 조금은 껄끄러웠다.

"음, 그게… 소를 잡았을 때 받은 피입니다. 앞에 놓은 국은 소피가 식어서 굳어진 덩어리를 넣고 끓인 국이죠."

내 설명에 이수진이 눈이 점점 커지는 것이 보였다.

우욱!

급기야 이수진은 헛구역질했고, 다급하게 손수건으로 입을 막았다.

"괜찮으세요?"

"예, 괜찮아… 왝!"

내 말이 떨어지기 무섭게 그녀는 헛구역질을 계속했다.

"안 되겠네요. 나가죠?"

"아, 아니에요. 괜찮아졌어요."

이수진은 손을 흔들면서 일어나려는 나를 제지했다.

"정말 괜찮겠어요?"

"예, 정말 괜찮아요. 제가 처음은 이래도 적응력이 강하거든요."

손수건으로 입을 닦은 이수진이 애써 미소를 지으며 말했다.

'후후! 내가 좀 심했나?'

솔직히 세련된 장소가 전혀 아닌 보쌈집을 일부러 선택했다. 낯설고 익숙지 않은 장소에서 이수진의 본모습을 보고 싶었다.

"왜? 음식에 뭐가 들어갔어요?"

음식과 술을 가져온 이모가 이수진에게 물었다. 그녀가 헛구역질한 것을 본 것이다.

"아니에요. 제가 좀 비위가 약해서요."

이수진은 솔직하게 말했다.

"이 친구가 오늘 선지를 처음 먹어봐서 그렇습니다."

내가 부연설명을 하자 이모는 그럴 수 있다는 표정으로 말했다.

"처음엔 그럴 수도 있어요. 그래도 자꾸 먹다 보면 선지 맛에 푹 빠진다니까. 우리 가게에 오는 아가씨들 중에서 선

짓국만 찾는 아가씨들도 많아요. 그런데 혹시 연예인 아니
에요? TV에서 본 것 같기도 하고."

이모는 주문한 술과 보쌈이 담긴 접시를 내려놓으며 말
했다.

이모의 말처럼 이수진은 눈처럼 하얀 피부에 진한 먹물
로 그려놓은 것 같은 짙은 눈썹과 사슴을 연상시키는 커다
란 눈이 정말 예술이었다.

거기에 성형을 전혀 하지 않았는데도 보통의 한국 여성
보다도 월등히 높은 콧등과 붉은 앵두 같은 입술을 가진 이
수진은 어디에서도 쉽게 볼 수 없는 아름다운 여자였다.

마치 옛이야기에 나오는 미인의 조건을 모두 갖춘 여인
이라고 말해도 좋았다.

"후후! 아니에요. 전 공부하는 학생입니다."

"그래요! 내가 볼 때는 미스코리아에 당장 나가더라도 바
로 1등 할 것 같아. 정말로 우리 식당에 온 여자들 중에서
제일 예쁜 것 같아요."

이모는 이수진의 외모를 크게 칭찬했다. 이모만 그렇게
느낀 것이 아니었다.

주변에서 식사하는 사람들도 힐끗힐끗 이수진의 모습을
훔쳐보고 있었다.

"고맙습니다. 좋게 봐 주셔서."

"하여간 좋겠어. 이런 미인을 애인으로 두어서."

"아니……."

이모는 내 이야기를 끝까지 듣지 않고는 주방으로 향했다. 이모의 말 때문인지 이수진의 얼굴에 밝은 미소가 피어올랐다.

"듣기 좋네요."

"예쁘다는 말이요?"

"아니요, 태수 씨의 애인이라는 말이요. 정말 그렇게 됐으면 좋겠지만……."

이수진은 솔직하게 자신의 가지고 있는 생각과 마음을 드러냈다.

순간 그녀의 말에 난 할 말이 없었다.

"……."

이모가 가져온 소주를 따서는 앞에 놓인 소주잔에 채우려고 했다.

"주세요, 제가 따라 드릴게요. 저도 한 잔 주시고요."

이수진은 내 손에서 소주병을 빼앗듯이 가져가서는 빈잔에 술을 따라주었다.

"소주는 독한 술입니다."

"알아요. 그래서 마시려고요. 그러곤 저도 태수 씨 앞에서 좀 더 독해지려고요."

순간 그녀의 말이 가시처럼 내 가슴에 박혔다. 이수진의 말은 이전의 삶에서 내 곁을 떠나가던 여자친구에게 내가 했던 말이었다.

"전, 수진 씨가 생각하는 만큼 좋은 사람이 아닙니다."

난 소주잔에 가득 따라진 술을 단숨에 마시면서 말했다. 이수진이 한 말 때문인지 그녀에게 왠지 미안한 마음이 들었다.

"저도 그래요. 태수 씨가 생각하고 있는 만큼 좋은 여자가 아니에요."

이수진은 말을 마치자마자 소주잔을 비웠다. 그리고 나서는 쓰디쓴 소주의 맛 때문인지, 그녀의 곱디고운 인상이 곧바로 구겨져 버렸다.

"하하하! 소주가 쓰죠?"

나는 이모가 가져온 보쌈 하나를 들어서는 그녀의 입가에 가져다주었다.

"정말이지, 한약처럼 너무 써요."

오만상을 찌푸리고 있는 이수진은 내가 내민 고기를 서슴없이 입으로 가져갔다.

"아직도 써요?"

고기를 꼭꼭 씹어 먹는 이수진은 표정이 풀어지면서 말했다.

"아니요, 이젠 하나도 쓰지 않네요. 고마워요."

이수진의 말에 나도 모르게 미소가 지어졌다.

"후후! 뭐가 그리 고마워요?"

"오늘 처음으로 제게 마음을 열어줬잖아요."

"내가요? 아닌데."

"아니라도 좋아요. 이렇게 태수 씨와 마주 보고 있는 것 만으로도 좋으니까요."

배시시 웃는 이수진의 환한 웃음은 사람의 마음을 녹이 는 마력이 있었다.

"잔이 비었는데."

난 그녀의 말을 회피하듯 빈 소주잔을 내보였다.

"아, 미안해요."

이수진은 재빨리 소주병을 들고는 빈 잔에 따라 주었다.

"저도 주세요. 이젠 소주가 그리 쓰지 않을 것 같아요."

내 앞으로 내미는 그녀의 빈 술잔에 소주를 가득 따랐다.

"우리 원 샷이에요."

이수진은 거침없이 말했다.

"그러다 취해요."

"아니요, 오늘은 취할 수가 없어요."

그녀의 말이 궁금했다.

"왜요?"

"오늘은 혼자가 아니니까요."

이수진의 말에 나는 할 말이 없었다. 그녀는 이전의 나처럼 외로운 사람일 뿐이었다.

한없이 적막한 밤에 날 찾아줄 친구를 기다리던 누군가처럼……

보쌈집에서 꽤 많은 술을 마셨다.

이수진은 꿋꿋하게 술을 받아 마셨다. 붉은 홍시 같은 얼굴색과는 달리 취하지는 않은 것 같았다.

"이제 어딜 데려가실 거예요?"

술을 마시자 이수진은 평소보다 말이 많아졌고, 보다 적극적으로 변했다.

"술 좀 깨려고요. 좀 걸을까요?"

"좋아요."

이수진의 말은 멀쩡했지만, 보쌈집에서 나와 몇 걸음 걷자마자 몸을 비틀거렸다.

"괜찮아요?"

난 재빨리 한쪽으로 몸이 기우는 이수진을 부축했다.

"아, 미안해요. 정신은 멀쩡한 것 같은데……."

내 팔에 의지하는 이수진의 몸에서 진한 장미 향이 풍겨왔다.

"절 붙잡으세요."

이수진은 마치 내 말을 기다렸다는 듯이 몸을 나에게 기대왔다.

"따뜻하다."

이수진은 어린아이의 천진난만한 표정으로 말했다. 그녀에게 있어 지금 이 순간은 무엇보다도 소중하게 느껴졌다.

"저기로 올라가면 놀이터가 나오니까 조금만 참으세요."

"그냥 이대로 시간이 멈췄으면 좋겠어요. 태수 씨는 그렇지 않겠지만……."

날 지그시 바라보며 말하는 이수진의 눈동자는 촉촉한 물기가 맺혀 있었다.

난 이수진의 시선을 애써 외면했다. 자칫 그녀의 슬픔에 동화될 것만 같았다.

"시간이 머물러 있으면 아픔과 상처도 계속 머물게 됩니다. 마음속 아픈 상처를 치료할 수 있는 유일한 방법은 흐르는 시간뿐이죠."

보쌈집에서 이수진은 나에게 많은 이야기를 해주었다. 서로의 환경은 달랐지만, 그녀 또한 내가 겪었던 마음 아픈 일들을 경험했었다.

"태수 씨는 마음이 따뜻한 분이세요. 그래서 제가 더 힘든 것 같아요."

이수진이 말을 마칠 때였다. 하늘에서 하얀 눈송이들이 하나둘 떨어져 내렸다.

"와! 첫눈이에요."

이수진은 눈송이를 보자마자 아이처럼 좋아했다.

"그러게요. 눈이 온다는 소리가 없었는데."

기상청에서는 첫눈이 다음 주에나 볼 수 있다고 예보했었다. 거리를 걷던 사람들도 하늘을 쳐다보며 기분 좋은 첫눈을 맞이하고 있었다.

10분 정도 걸어서 온 놀이터에 캔커피 두 개를 사들고는 빈 의자에 앉았다.

눈은 그치지 않고 계속 내리고 있었다.

"이제 좀 괜찮아요?"

따뜻한 캔커피를 이수진에게 내밀며 물었다.

"예, 고맙고 미안해요. 저 때문에 여자친구도 만나지 못해서……."

이수진과 걸어오는 도중에 가인이에게서 삐삐가 왔다. 첫눈이 온다는 것은 누구나 할 것 없이 마음이 설레는 일이었다.

하지만 술기운에 힘들어하는 이수진을 내버려두고 갈 수가 없었다.

"괜찮습니다. 조금만 더 있다가 일어나죠."

"제가 부담스러우시죠? 실은 미국에서 연락도 없이 그냥 떠나셨을 때, 태수 씨를 잊으려고 많이 노력했어요. 한데 그게 마음먹은 대로 되지가 않았어요. 지금까지 제가 마음먹은 대로 안 되는 일이 없었는데 말이에요."

"사람의 인연이란 것이 참 묘한 것 같습니다. 만약 수진 씨를 먼저 만났다면 우린 이런 대화를 할 필요도 없었겠지요. 수진 씨와 저는 공감하는 부분도 많으니……."

말을 다 끝낼 수 없었다. 이수진의 입술이 내 입을 막았기 때문이다.

순간 그녀의 입술에서 잘 익은 사과 향이 풍겨왔다.

이수진을 밀어내기 위해 그녀의 어깨를 잡았지만 그럴 수가 없었다.

이수진의 눈에서 흘러내린 따스한 눈물이 내 볼 위로 떨어져 내렸기 때문이다.

사랑하는 연인을 돌아올 수 없는 먼 전쟁터로 떠나보낸 여인처럼 이수진은 눈물을 그치지 않았다.

*　　　　*　　　　*

모임을 하고서 집으로 돌아와 있는 가인이는 날 보자마

자 따져 물었다.

"어디서 뭘 하고 다니길래 삐삐를 쳐도 연락을 하지 않은 거야?"

"어, 공중전화마다 사람들이 엄청나게 줄 서 있어서."

"카페라도 들어가서 전화하면 되지."

"그랬지. 한데 카페도 마찬가지더라."

나는 가인이의 눈치를 살피며 말했다.

"그런데 누굴 만나고 오길래 이렇게 잘 차려입고 나간 거야?"

가인이는 위아래로 날 훑어보며 물었다.

"어 그게, 갑자기 회사에 급한 일도 있었고, 협력 업체 관계자들도 만나야 해서."

도둑이 제 발 저리듯 가인이의 질문에 평소처럼 자연스러운 대답이 빨리 나오지 못했다.

"뭔가 이상한데?"

"뭐가 이상하다고 그래. 이상할 것도 없다. 옷 좀 갈아입게 비켜주시겠습니까?"

최대한 자연스럽게 말을 하려고 했지만, 자꾸만 가인이의 눈치를 살필 수밖에 없었다.

"첫눈이 왔는데 말이야. 남자친구가 먼저 연락을 해서 좋은 곳에도 데려가고 해야지."

가인이는 더는 묻지 않고 투덜대면서 내 방에서 나갔다.

"후! 이 짓도 아무나 못 하는 거구나."

절로 안도의 한숨이 나왔다. 눈치 100단인 가인이의 이목을 속인다는 것은 결코 쉬운 일이 아니었다.

오늘은 운이 좋다고 할 수 있었다.

외투를 벗으면서 나도 모르게 내 볼을 쓰다듬었다.

쉴새 없이 흘러내리던 이수진의 눈물로 인해 양 볼이 촉촉하게 젖었던 느낌이 떠올랐다.

'인연을 만들기도 어렵지만⋯ 그 인연을 끊어내기도 이렇게 힘든 일일 줄이야⋯⋯.'

아직도 창밖에는 눈이 내리고 있었다.

*   *   *

자정이 지났는데도 예인이가 집으로 돌아오지 않았다. 삐삐를 쳐도 전화가 오지 않았다.

평소 예인이 다운 행동이 아니었다. 늦어도 밤 11시에는 꼭 집으로 귀가했다.

"오늘 무슨 일 있어?"

"대학로에서 동아리 모임이 있다고 했어."

내 물음에 가인이는 걱정스러운 표정으로 말했다. 송 관장은 현재 부산에 내려가 있었다.

"아는 친구들 없어? 한 번 전화해 봐."

"잠깐만."

가인은 예인이의 방으로 들어가 친구들 연락처가 담긴 수첩을 찾았다.

잠시 뒤 빨간 수첩을 들고 나온 가인이는 동아리 모임이라고 적혀있는 전화번호 중 하나를 선택해서 전화를 걸었다.

"여보세요? 밤늦게 미안한데, 예인이 언니거든요. 예인이가 아직 집에 들어오지 않아서요. 아, 예. 알겠습니다."

가인이가 전화를 끊자마자 표정이 좋지 않았다.

"모임은 밤 9시 넘어서 끝났다는데……. 예인이가 이런 적이 없었는데."

가인이의 말처럼 예인이는 항상 볼일이 끝나면 곧장 집으로 돌아왔다.

"예인이에게 삐삐 한 번 더 쳐봐. 내가 정류장에 한 번 나가볼 테니까."

"나도 갈게."

"아니야, 나 혼자서 갈게. 예인이가 혹시 집으로 오거나 연락할지도 모르잖아. 무슨 일 있으면 삐삐칠 테니까."

"알았어. 별일 없겠지?"

가인이가 걱정스러운 얼굴로 물었다.

"예인이잖아. 별일 없을 거야."

말은 그렇게 했지만, 마음은 그렇지 않았다. 집을 나서면서 티토브 정에게 연락을 취했다.

정류장에서 예인이를 10분 정도 기다릴 때 막차가 정류장에 도착했다.

그러나 예인이는 버스에서 내리지 않았다.

Chapter 9

"휴! 마침 총이 아니었으면 골로 갈 뻔했네."

조상태는 이마에 흐르는 땀을 손으로 훔치며 말했다. 조금 전 상황은 보고도 믿기 힘든 일이었다.

빈 공터에는 열 명의 사내들이 바닥에 널브러져 있었다. 일 대 일의 싸움에서는 단 한 번도 밀린 적이 없다던 정창수가 차가운 땅바닥에 정신을 잃은 채 대자로 누워 있었다.

쓰러져 있는 나머지 인물들도 조직 내에서 알아주는 싸움꾼들이었다.

그런 사내들을 어린애 다루듯이 했던 예인이라는 여자애

는 정말 괴물이었다.

자신도 이전에 예인이에게 당하지 않았다면 무작정 달려들었을 것이다.

송예인이 정창수와 조직원들 간의 싸움에 집중하는 사이에 마취 총을 쐈다. 허벅지에 마취제를 맞은 예인이는 약 기운으로 비틀거리는 상황에서도 조직원들을 모두 바닥에 눕혔다.

혹시나 하는 마음에 가져온 마취 총이 아니었다면 자신도 바닥에 나뒹굴었을 것이다.

"후! 정말 괴물이 따로 없군. 내가 괜한 일에 엮인 게 아닌지……."

정신을 잃고 쓰러져 있는 예인이를 바라보는 조상태는 후회가 밀려왔다.

만약 예인이와 같은 인물이 여럿 존재한다면 자신을 이대로 두지 않을 것이 분명했다. 차라리 이럴 때는 아예 목숨을 끊어놓고는 바다에 버리는 것이 최상이었다.

"정신을 들면 감당할 수 없어. 차라리 후환을 없애는 것이……."

마지막 자신을 바라봤던 예인이의 눈은 정말 소름이 끼쳤다. 조상태는 온몸을 옥죄여 오는 이상한 기운 때문에 순간 비명을 지를 뻔했다.

조상태는 허리춤에서 회칼을 꺼내 들었다. 그는 결심한 듯 예인이에게 걸어갔다.

그때였다.

봉고차 한 대가 급하게 조상태가 있는 쪽으로 다가왔다.

"형님! 괜찮습니까?"

입구에서 망을 보던 박형석이었다. 그 또한 예인이에게 당한 경험이 있었다.

"시발, 명이 긴 년이네."

조상태는 혼잣말을 한 후에 칼을 다시 허리춤에 찼다.

그리고 쓰러져 있는 예인이를 둘러업었다.

"우와! 이 년이 이렇게 한 거예요?"

박형석은 바닥에 정신을 잃고 쓰러진 조직원들을 보며 말했다. 땅바닥에 죽은 듯이 누워 있는 열 명 모두 움직임이 없었다.

"문 열어."

"아! 예. 한데, 형님 이 계집의 친구 년이 안 보이는데요."

박영석의 말에 조상태가 주변을 둘러보았다. 예인이를 이곳으로 유인하기 위해 친구를 먼저 납치했었다.

"야! 이 새끼야. 말하지 말고 빨리 찾아."

"아, 예."

박영석은 조상태의 말에 공터 반대쪽으로 향했다.

*　　　　*　　　　*

한라그룹의 정문호는 양평에 있는 별장에 내려와 있었다.

그는 송예인에 대한 작업이 늦어질수록 더욱더 애가 탔다.

일부러 직접 송예인이 다니는 서울대로 찾아가 직접 보기도 했다. 두 눈으로 직접 보는 순간 머리에 망치로 맞은 듯이 멍한 표정으로 송예인을 바라봤었다.

그날부터 정문호는 다른 여자들은 눈에 들어오지 않았다.

일주일에 한두 번은 꼭 찾아다녔던 단골 룸살롱도 가기 싫어질 정도였다.

요즘 들어서 송예인과 결혼해도 나쁘지 않을 것 같다는 생각이 들었다.

"시발! 왜 이렇게 늦어."

긴 기다림 끝에 송예인의 납치 디데이로 잡은 날이 오늘이었다.

벽에 걸린 시계의 초침이 멈춰있는 것처럼 보였다.

그때였다.

따르릉! 따르릉!

고요한 적막을 깨는 전화벨이 울렸다. 자신의 운전기사 겸 비서 역할을 하는 민경석이 전화를 받았다.

"서울에서 물건을 싣고 출발한다고 합니다."

민경석이 수화기를 내려놓으며 말했다.

"잘했어. 드디어 내 품에 안기는 거야."

초조한 기색이 엿보였던 정문호의 얼굴이 활짝 펴졌다.

*   *   *

예인이가 마지막으로 들렀다는 대학로로 향할 때 가인이에게서 차량용 카폰으로 전화가 왔다.

"여보세요?"

—예인이가 납치된 것 같아!

가인이는 다급한 목소리로 말했다.

"무슨 소리야?!"

가인이의 말에 내 목소리가 높아졌다.

—동아리 모임에 함께 참석했던 친구한테서 지금 전화가 왔는데…….

가인이에게서 이야기를 듣는 순간 피가 거꾸로 솟는 듯

한 느낌이 들었다.

납치되었던 예인이의 친구가 집으로 전화한 것이다.

"차 번호가 서울 가에 5869 확실하지? 다른 전화가 올지 모르니까, 넌 집에 있어. 내가 무슨 일이 있어도 예인이를 무사히 데려올 테니까."

만약 예인이에게 무슨 일이 생겼다면 살인까지 저지를 수도 있을 것 같았다.

예인이가 납치범들과 싸움을 벌이는 사이 납치되었던 예인이의 친구는 공터에 쌓아둔 공사 자재들 사이에 몸을 숨겼고, 이후 예인이가 정신을 잃고 봉고차에 실리는 것을 보았다.

나는 가인이와 통화가 끝나자마자 곧장 모스크바로 전화를 넣었다.

"지금 당장 경기도 양평으로 향하는 5869 번호의 회색 봉고차를 찾아. 무슨 일이 있어도 꼭 찾아야 해."

코사크의 정보센터에서는 러시아의 첩보 위성을 이용할 수 있었다. 한반도 상공에는 비밀리에서 발사된 러시아의 첩보 위성들이 집중적으로 지나갔다.

"누군지 몰라도 절대 가만두지 않는다."

내 입에서는 전에 볼 수 없는 싸늘한 음성이 흘러나왔다.

상황을 파악한 티토브 정은 이미 최고 속도로 승용차를

양평으로 몰고 있었다.

서울을 벗어나면 카폰이 되지 않았다.

한시가 급했지만 5869 봉고차의 행방을 알아야만 했다.

양평은 작은 동네가 아니었다.

납치되었던 친구의 도움이 아니었다면 예인이의 행방을 절대 알 수 없었을 것이다.

양평에 들어서자마자 공중전화로 김만철에게 연락을 취했다.

―아직 연락이 들어오지 않았습니다.

"알겠습니다. 바로 연락을 주십시오."

예인이에게 무슨 일이 벌어질지도 모르는 상황에 공중전화 근처에서 대기해야만 것이 너무나 답답했다.

저녁 내내 내리던 눈은 그치고 먹구름만이 잔뜩 낀 채로 달빛을 가리고 있었다.

*   *   *

빵빵!

차 소리가 들렸다.

지루한 기다림 끝에 드디어 낙이 온 것이다.

운전기사인 민경석이 문을 열어주기 위해 밖으로 나가는 것을 보고 있는 정문호는 기분 좋은 웃음이 절로 나왔다.

"하하하! 이런 걸 고진감래라고 하나."

곧이어 정신을 잃은 송예인을 들것에 실려서 별장 안으로 들어왔다.

"다치거나 손대지 않았겠지?"

정문호는 조상태를 보며 물었다. 두 사람은 안면이 있었다.

"예, 대신 저희 애들이 많이 상했습니다. 보통 계집이 아니니까, 조심해야 할 것입니다."

조상태는 염려스러운 말을 전했다.

"난 강한 계집이 좋아. 강한 계집일수록 오히려 나중에는 순종적인 면이 있거든. 거기다가 맛도 아주 좋아. 하하하!"

'미친놈. 이년이 어떤 년인지도 모르고서.'

"팔다리를 꽁꽁 묶어두어야 합니다. 깨어나면 저희라도 감당할 수 없습니다."

조상태는 경고하듯 정문호에게 말했다.

"알았어. 감당할 수 없으면 저걸 쓰면 돼."

정문호는 벽난로 위에 걸려 있는 엽총을 가리키며 말했다.

"그럼, 저희는 가보겠습니다."

"큰 수고를 했는데, 술이나 마시고 올라가."

정문호는 지갑에서 수표 하나를 꺼내 조상태에게 건네며 말했다. 5백만 원짜리 수표였다.

"감사합니다."

조상태는 고개를 숙이면서 수표를 받았다.

'새끼, 전에는 백만 원을 주더니. 오늘은 다르네.'

조상태는 두 번 정도 정문호의 일을 봐주었고, 그때마다 백만 원을 받았었다.

조직이 정문호의 일을 돕는 것은 한라그룹의 계열사인 한라건설에서 진행하는 철거 공사 때문이었다.

철거 공사는 이윤이 짭짤한 데다 건물들을 철거하면서 나오는 철근과 폐품들을 부수입으로 챙길 수도 있었다.

조직의 보스 김욱은 공식적인 사업을 진행하는 기업형태의 조직을 갖추길 원했다.

침대에 올려진 송예인을 바라보는 정문호는 가슴이 뛰었다.

이렇게 가까이에서 마주 보기는 처음이었다.

"정말, 예쁘네."

정문호는 손을 들어 예인이의 길고 고운 머리카락을 매만졌다.

아기처럼 새하얀 피부를 가진 송예인에게서 기분 좋은 향기가 뿜어져 나왔다.

여러 가지 꽃향기들이 섞여 있는 것 같은 이런 향은 화장품과 향수에서 나오는 인공적인 향기가 아니었다.

정문호는 예인이의 머리카락 사이에 코를 묻고는 냄새를 맡았다.

"음, 달라도 너무 달라."

아름답고 청초한 모습의 예인이를 가졌다는 것만으로도 가슴이 벅찼다.

"조금만 기다리고 있어, 널 행복하게 해줄 테니까."

예인이의 얼굴을 쓰다듬으며 말을 하는 정문호의 눈에는 욕정으로 가득했다.

하염없이 시계만 바라보고 있자니 속이 타들어 갔다.

시계의 시침이 막 새벽 2시를 가리키려고 할 때 삐삐가 울렸다.

곧바로 공중 전화 수화기를 붙잡고 김만철에게 전화를 걸었다.

─위치를 확인했습니다. 가평군 청평면 고성리 45─1번지……. 저도 곧바로 움직이겠습니다.

"알았습니다."

전화를 끊고는 곧바로 지도를 확인했다. 다행히도 이곳에서 멀지 않은 곳이었다.

티토브 정은 다시금 맹렬한 속도로 차를 몰았다.

팬티 차림의 정문호는 예인이를 바라보며 주사기를 준비하고 있었다.

주사기 안에는 히로뽕이 들어 있었다.

"낄낄낄! 오빠가 천국으로 보내줄게."

정문호는 주사기를 바늘을 톡톡 치면서 말했다.

그는 평소 마음에 드는 여자에게 강제적으로 히로뽕을 투약해서 성관계를 가졌었다.

"내일이면 너도 나에게 매달려 애걸복걸할 거야. 자, 이제 재미는 놀이를 시작하자고."

정문호는 주사기를 들고 정신을 잃고 있는 예인이에게 다가갔다.

침대에 눕혀진 예인이는 양팔이 침대 기둥에 묶여 있었고, 속옷 차림이었다.

"아! 정말, 예술이라니까. 생각보다 가슴도 풍만하고. 음, 어떻게 이런 향기가 나는 건지."

히로뽕 주사를 놓기 위해 침대에 묶인 왼팔을 풀면서 정문호는 예인이의 가슴에 대고 살 내음을 맡았다.

"정신을 잃은 것이 좀 그렇지만, 하다 보면 깨어나겠지."

예인이의 왼팔을 자신의 허벅지에 올려놓은 정문호는 팔목 안쪽의 핏줄을 찾았다.

한두 번 해본 솜씨가 아니었다.

주사기를 막 예인이의 정맥에 꽂아 넣으려 할 때였다.

쾅!

무언가가 큰 소리로 부서져 나가는 소리가 들려왔다.

"뭐냐?"

신경질적으로 반응을 보인 정문호는 주사기를 침대에 올려놓고는 밖으로 나갔다.

티토브 정은 차의 속도를 줄이지 않은 채 별장으로 들어가는 문을 향해 그대로 돌진했다.

철문은 충격을 받고는 그대로 떨어져 나갔다. 그 충격으로 승용차의 앞 범퍼도 크게 파손되었다.

별장의 앞마당에는 우리가 찾던 봉고차가 주차되어 있었다.

새벽에 울려 퍼진 큰소리에 불이 켜져 있는 별장 안에서 세 명의 사내가 달려 나왔다.

"너희들 뭐야?"

차에서 내리는 나와 티토브 정을 향해 사내들은 적대감

을 드러냈다.

"여기로 젊은 여자 하나를 데려왔지?"

내 물음에 3명의 사내가 움찔했다.

"누구… 신지? 경찰이신가?"

앞장섰던 사내가 말을 흐리면서 물어왔다.

'확실하군.'

"저승사자"

"이 미친 새끼가 돌았나?"

내 말에 화가 났는지 맨 앞에 있던 사내가 다짜고짜 주먹을 뻗어왔다. 빠르고 간결했지만 거기까지였다.

난 뻗어오는 팔을 낚아채 그대로 아래로 꺾어버렸다.

빠각!

뼈가 부서져 나가는 기분 나쁜 소리와 함께 곧바로 사내의 비명이 메아리쳤다.

"아아~ 악!"

덜렁거리는 오른팔을 부여잡으며 울부짖는 사내를 뒤로한 채 나는 앞으로 나섰다.

티토브 정은 내 분노를 알고 있었기 때문에 특별한 상황이 아니면 나서지 않았다.

예인이가 잘못되었다면 이 별장에 있는 인물들 모두가 세상에서 가장 지독한 고통을 당할 것이다.

"이 새끼가 뒈지려고."

뒤에 있던 두 명의 사내가 약속이라도 한 듯 허리춤에서 회칼을 꺼내 들었다.

어느새 먹구름 사이로 나온 달빛에 비친 회칼의 날은 섬뜩하게 보였다.

"시발 새끼가 여기가 어디라고."

회칼을 쥔 스포츠머리가 돌진하듯 달려들었다. 칼을 많이 써본 놈이었다.

짧은 거리에서 돌진하듯 칼을 찔러 들어오면 쉽게 피하기가 어려웠다.

하지만 난 스포츠머리가 평소 상대했었던 놈들과 수준 자체가 달랐다.

몸을 슬쩍 틀어서 찔러오는 회칼을 그대로 가랑이에 끼었다. 놈이 생각했던 빠르기를 넘어선 동작이었다.

칼이 봉쇄되는 순간 놈의 눈과 입이 크게 커졌다.

놈의 목울대를 사정을 두지 않고 주먹으로 가격했기 때문이다.

스포츠머리는 고통의 비명을 지르고 싶었지만, 목소리가 나오지 않았다.

크게 벌린 입에서 침을 질질 흘리는 놈을 그대로 내려두고서 곧장 날아올랐다.

두 명의 사내가 눈 깜짝할 사이에 당하자 뒤에 있던 놈이 주춤하던 순간이었다.

"어! 어!"

뒤쪽 놈은 당황스러운 말만 할 뿐 대응을 하지 못했다.

퍽!

우지끈!

그대로 안면을 강타한 내 무릎에 사내의 코뼈가 주저앉으며 뒤쪽으로 날아갔다.

쿵!

체중이 제대로 실린 공격이었고, 사내는 뒤쪽 벽에 그대로 충돌했다.

별장 안으로 들어서자 3명의 사내가 우리를 기다리고 있었다.

그중 하나가 엽총을 들고는 우리를 겨냥했다.

"이 새끼들 뭐냐?"

팬티 위로 가운을 걸쳐 입은 정문호가 입을 열었다.

"여기에 예인이가 있지?"

내 말에 순간 정문호의 눈이 커졌다.

"뭔 소리 하는 거냐?"

정문호는 신경질적인 반응을 보였다.

"예인이가 손끝 하나라도 잘못되었으면 여기 있는 놈들 모두 내 손에 죽는다."

살기 어린 내 목소리에 정문호와 엽총을 들고 있는 민경석이 움찔했다.

그리고 그 옆에 서 있는 조상태의 눈동자가 심하게 흔들렸다.

'시발! 여길 떠나야 해.'

조상태는 밖에서 들려오는 심한 비명이 무얼 말하는지 잘 알고 있었다.

조직 내에 칼잡이들은 보통 칼을 잡으면 3~4명은 우습게 상대했다. 그런 칼잡이를 1~2분 사이에 제압하고 들어왔다는 것은 보통 놈들이 아니었다.

만약 송예인과 비슷한 실력을 갖췄다면 지금 상황에서는 답이 없었다.

"하하하! 이 새끼가 영화를 너무 봤네. 여긴 네가 말하는 여자애는 없어."

정문호는 일부러 크게 웃으며 말했다.

"사장님, 이번에는 이 친구들에게 양보하시지요."

권투선수를 하던 시절부터 조직 간의 싸움까지, 산전수전 다 겪은 조상태는 몸에서 전달하는 위험신호를 감지하자마자 정문호에게 이야기했다.

"허! 시발. 깡패 새끼가 겁을 먹네. 이 개새끼야, 일을 끝까지 마무리 지어야지."

정문호는 조상태를 노려보며 말했다.

"전, 여기까지 하겠습니다. 여자는 저 방에 있습니다."

조상태는 오른손을 들어 예인이가 있는 방을 가리켰다.

그 순간 정문호가 민경석이 들고 있는 엽총을 빼앗아 들었다.

"이 개새끼들이! 다들 가만있어. 한 발짝이라도 움직이면 대갈통을 날려 버릴 테니까."

정문호는 조상태의 갑작스러운 변심에 악이 받쳤다. 그렇게 바라고 원했던 송예인과의 관계가 바로 눈앞에 있었다.

지금 그걸 방해한 인간들을 다 죽여 버리고 싶었다.

정문호의 총구가 조상태에 향할 때 티토브 정의 손이 움직였다.

핑!

짧은 휘파람 소리 후에 정문호의 비명이 들려왔다.

"아악!"

정문호는 총을 쥐고 있던 손의 손등을 부여잡으며 비명을 질러댔다. 그의 손등에는 백 원짜리 동전이 깊숙이 박혀 있었다.

"여길 부탁합니다."

"예, 알겠습니다."

티토브 정의 대답을 뒤로하고 난 예인이가 있는 방으로
향했다.

'무사할 거야. 아무런 일도 일어나지 않았을 거야…….'

방으로 가는 내내 머릿속에 떠오른 생각들이 머리를 어
지럽혔다.

예인이가 있다는 방문 앞에서 손잡이를 잡지 못하고 망
설였다.

'만약, 예인이게 무슨 일이 생겼다면…….'

어렵게 방문 손잡이를 잡았지만, 선뜻 문을 열기가 쉽지
않았다.

"후! 제발……."

손잡이를 돌리고 들어가는 시간이 억겁처럼 길게 느껴졌
다.

방 안으로 들어서자 예인이가 있었다.

속옷 차림의 예인이는 방 한가운데 서서는 앞쪽에 걸려
있는 거울을 뚫어지게 바라보고 있었다.

자신의 모습을 살피는 것 같았다.

"예인아!"

내 말에 예인이는 천천히 뒤돌아섰다.

"괜찮은 거야?"

나를 확인한 예인이는 고개를 끄덕였다.

"정말 괜찮은 거지?"

나는 입고 있던 잠바를 벗어 예인이에게 입혀주었다. 그 순간 예인이의 고개가 내 가슴으로 떨어지며 흐느끼기 시작했다.

"으흑흑! 태수 오빠……."

예인이의 울음이 머릿속에 들었던 걱정과 근심을 날려보냈다.

"괜찮아, 아무 일도 없었잖아."

난 흐느끼는 예인이를 안아주었다.

"엉엉! 날 혼자 두지 말란 말이야! 어엉엉!"

두려움에서 벗어난 예인이는 정말 서럽게 울었다. 예인이가 아무리 강하다 해도 이런 일은 쉽게 감당할 수 없는 일이었다.

"미안해. 이젠 혼자 두지 않을게……."

난 예인이가 진정될 때까지 그녀를 꼭 안아줄 수밖에 없었다.

Chapter 10

　내가 거실로 나오자 정문호는 수건으로 감싼 오른손을 부여잡으며 악에 받친 소리를 내질렀다.

　"시발! 내가 누군지 알아? 너희들 다 죽었어!"

　"네가 누군지 정확히 말해야 해. 그래야 애꿎은 사람들에게 피해가 안 갈 테니까."

　정문호의 말에 난 담담히 말했다.

　"개새끼가 까고 있네. 내가 한라그룹에 정문호다, 시발놈들아!"

　분위기를 파악 못 하는 정문호는 큰 소리로 말했다.

"후후! 내 손을 쓰는 것도 더러운 놈이었네. 넌 이름이 뭐지?"

눈치를 살피며 옆에 서 있는 조상태에게 물었다.

"조상태."

"너에게 제안을 하지. 여기서 멀쩡히 걸어서 나가고 싶으면 이놈의 팔다리 중 하나를 부러뜨려."

"거절한다면 어떻게 되지?"

"죽어."

싸늘한 내 말에 조상태는 결심한 듯 정문호에게 걸어갔다.

"야! 개새끼야! 내 몸에 손가락 하나라도 되면 넌 죽는 거야!"

조상태가 걸어오자 정문호는 주춤주춤 뒤로 물러나며 말했다.

"잡아, 네 뼈가 부러지기 싫으면."

난 뒤에 서 있는 민경석에게 말했다. 민경석은 내 말 상황을 파악하듯 눈동자를 굴리며 정문호의 양팔을 잡았다.

"너도 죽고 싶어? 이거 안 봐?"

"사장님, 정말 죄송합니다."

민경석은 울먹거리는 말로 정문호에게 말했다. 인간은 어느 누구나 누굴 대신해서 죽는 것을 원하지 않았다.

더구나 이런 상황에서는 더더욱.

"이왕 이렇게 됐으니, 다친 손이 나을 거야."

조상태는 티토브 정에게 다친 정문호의 오른팔을 잡았다.

"너희 다 죽고 싶어! 이거 안……."

빠각!

"아악! 나 죽어!"

정문호는 덜렁거리는 팔을 잡고는 미친 듯이 울부짖었다.

남의 고통보다 자신의 고통이 백배 천배 고통스러운 것이다.

"넌 이름 뭐지?"

난 또다시 민경석에게 물었다.

"민경석입니다."

두려움이 가득한 표정이었다.

"넌 다리를 부러뜨려."

내 말에 비명을 내지르는 정문호가 힘겹게 입을 열었다.

"악! 제, 제가 잘못했습니다. 선생님! 제가 정말, 정말 잘못했습니다. 다… 다시는 안 그러겠습니다. 아흑흑!"

정문호는 덜덜 떠는 오른팔을 부여잡은 채 내 앞으로 와서 엎드리고 빌었다.

조금 전까지 기세등등했던 정문호는 눈물 콧물을 질질 흘리며 내게 매달렸다.

이제야 상황 파악이 된 것이다.

민경석은 이러지도 저러지도 못한 채 날 바라보았다.

"하지 않으면 네 다리가 병신이 될 거야."

싸늘한 내 말에 민경석은 바닥에 떨어진 엽총을 집어 들었다. 이미 엽총에서 총알이 제거된 상태였다.

"안 돼! 하지 마! 제… 제발, 선생님, 돈을 얼마든지 드릴게요. 야! 시발아, 하지 말라고…….”

정문호는 다시금 뒤로 물러나며 울부짖었다.

"정말 죄송합니다, 사장님."

민경석은 엽총을 들고는 사정없이 정문호의 왼쪽 정강이를 내려치기 시작했다.

팍! 팍! 빠각!

"아악! 살려… 줘! 으악!

정문호는 고통에 나뒹굴었다.

그 모습을 바라보다가 난 다시 방으로 돌아가 옷을 다 입은 예인이를 데리고 나왔다.

예인이가 이 모습을 보지 않게 하기 위해 내 점퍼로 그녀의 얼굴을 가렸다. 아니 예인이의 모습을 놈들에게 보여주고 싶지 않았다.

내가 별장을 나서자 티토브 정이 비호처럼 뒤쪽으로 움직였다.

퍽! 퍽!

그러자 조상태와 민경석이 힘없이 바닥에 쓰러졌다. 두 놈을 이대로 두고 가면 자칫 정문호를 죽일 수도 있었다.

이미 주인을 문 개들을 정문호가 가만두지 않을 것이기 때문이다.

자신들이 살기 위해서는 여기서 정문호를 죽이고, 그 모든 걸 우리에게 뒤집어쓰게 해야만이 둘 다 살 수 있는 상황이었다.

"정문호를 병원에 데려다주십시오. 그리고 나오실 때 왼손의 손가락도 부러뜨리고 나오십시오."

"알겠습니다."

앞으로 고통이 무엇인지 계속 알게 하려면 정문호의 몸이 회복되어야만 했다.

별장 안에 쓰러진 조상태와 민경석은 정문호가 처리할 것이다. 뒤에서 들려오는 정문호의 고통의 울부짖는 소리는 멈출 줄 몰랐다.

"정문호, 너로 인해 한라그룹이 사라질 것이다."

정문호는 살아가는 내내 고통 속에 살게 될 것이다. 그의 가족들도……

며칠간 예인이는 자기 방에서 나오지 않았다.

가인이가 먹을 것을 방에 가져다주어도 음식에 손을 대지 않았다.

"아직도 아무것도 먹지 않아?"

"어. 병원에 입원시켜야 하는 거 아닌지 모르겠어."

"조금만 더 지켜보고 안 되면 입원시켜야지."

"나도 함께 갔어야 했어. 예인이를 저렇게 만든 놈을 팔다리를 다 분질러 버려야 했는데."

가인이는 무척 화가 난 말투였다.

"그렇게 했어."

"내가 직접 했어야 했다고. 그런데 예인이를 납치하라고 시킨 놈이 재벌 2세라며. 차라리 경찰에 신고하는 게 낫지 않을까?"

가인이는 정문호가 또다시 예인이에게 해코지를 하지 않을까 걱정이었다.

"경찰에 신고해봤자 놈은 구속도 되지 않아. 오히려 조사 과정에서 예인이만 피곤해져. 나한테 맡겨 둬. 이 세상에서 살아가는 것이 얼마나 고통스러운지 알게 해줄 테니까."

내 말에 가인이의 표정이 한결 편해진 모습이었다.

"오빠가 옆에 있다는 게 정말 힘이 돼. 나 혼자 있었다면 아마 예인이가 무사하지 못했을 거야. 고마워."

"고맙긴. 당연한 거야. 예인이가 좋아지면 연락해."

"어, 바로 연락할게."

나는 밀린 업무를 보기 위해 회사로 향해야만 했다.

*   *   *

"조상태는 아직 잡지 못했어?"

심기가 무척 불편해진 김욱이 비서실장인 김기춘에게 말했다.

"예, 꼭꼭 숨었는지 모습을 보이지 않습니다. 부산항과 인천항에 애들이 상주하고 있으니까, 밀항은 힘들 것입니다."

"개새끼가 사업을 망치려고 작정을 했어. 놈을 꼭 잡아와야 해."

"예, 반드시 잡아 오겠습니다."

"그리고 그놈은 어떻게 됐어? 운전기사 놈 말이야."

"교통사고로 병원에 입원했습니다. 오늘내일하고 있습니다."

운전기사인 겸 비서 역할을 했던 민경석은 신세계파 조직원에게 쫓기다가 반대편에서 달려오는 트럭을 보지 못하고 치였다.

"죽일 놈들이 말도 안 되는 일을 저질러 버렸어. 별장에 침입했던 놈들은?"

"아직 파악 중입니다. 다른 조직에 보낸 놈들은 아닌 것 같습니다."

"정 회장이 난리도 아니야. 강남파를 넘기 위해서는 한라그룹이 필요하다는 것 알지?"

신세계파와 강남파는 강남을 양분하고 있었다.

"예, 잘 알고 있습니다. 놈들을 꼭 잡아드리겠습니다."

"그래, 나가 봐."

김욱은 피곤하다는 듯 소파에 기대며 손짓했다. 김기춘이 나가자 김욱은 탁자에 놓인 담배를 집어 들었다.

"후! 간이 큰 놈이네. 한라그룹의 정문호라는 걸 알고서도 반병신을 만들어 놨으니."

별장에 있던 조직원의 이야기를 김욱은 전달받았다. 분명하게 한라그룹의 정문호라고 이름을 밝혔는데도 폭력을 행사했다는 것이다.

"하긴, 정문호 그 새끼도 정신을 차려야지. 제 아버지만 믿고 개지랄을 떨고 다녔으니."

김욱은 신경질적으로 담배를 비벼 껐다. 이번 일을 제대로 처리 못 하면 한라그룹과의 관계가 끊어질 수 있었다.

*　　　*　　　*

"어떤 새끼인지 아직도 몰라?"

정문술은 병원에 누워있는 정문호만 생각하면 화가 치밀어 올랐다.

"도련님이 아직 말을 하지 않고 있습니다."

정문술의 집안일을 돕고 있는 김덕수의 말이었다. 45살인 김덕수는 강력계 형사 출신이었다.

"내가 어떻게 키운 아들인데……. 반드시 찾아서 온몸의 뼈를 다 분질러 놔야만 잠을 편히 잘 수 있어. 무슨 말인지 알지?"

"예, 노련한 애들을 섭외해 뒀으니, 도련님께서 말만 하시면 금방 찾을 수 있을 것입니다."

김덕수가 정문술의 집안에 발을 들인지도 7년째였다. 그동안 단 한 번도 실수 없이 맡은 일을 해냈다.

정문술은 겉으로 드러낼 수 없는 일에 대한 뒤처리를 김덕수에게 맡겼고, 그를 신뢰했다.

"그래, 김 실장 네가 이번에도 힘 좀 써줘라. 이건 경비로 쓰고."

정문술은 그에게 천만 원짜리 수표 한 장을 건넸다.

"예, 맡겨주십시오."

수표를 공손히 받는 김덕수는 매달 5백만 원의 적지 않은 월급을 받고 있었다.

*   *   *

절대안정이라는 팻말이 걸려 있는 병실에는 대산그룹의 이중호와 대용그룹의 한종우가 병문안을 왔다.

전치 4개월의 골절 진단을 받은 정문호는 두 사람에게 자신의 몰골을 보이기 싫었다.

"도대체 어떻게 된 일이야? 이렇게 됐는데도 연락도 하지 않고."

이중호는 자신의 아버지인 이대수에게서 정문호가 크게 다쳤다는 소리를 전해 들었다.

정문술이 이대수 회장과의 만남 중에 이야기한 것이다.

"아! 시발, 쪽팔리고 억울해서 죽을 것만 같다."

정문호는 오른팔과 왼 다리, 그리고 왼손의 중지와 검지 뼈가 부러졌다.

"자동차 사고는 아니라며, 누가 그런 거야?"

한종우가 염려스러운 눈빛을 보며 물었다.

한라그룹의 후계자인 정문호의 이 지경으로 만들어 놓았다는 것은 미친놈이 아니고서야 할 수 없는 일이었다.

"몰라, 갑자기 당한 일이라서……."

정문호는 차마 송예인을 납치해 겁탈하려다 자신이 부리는 인물들에게 당했다는 소리를 할 수 없었다.

물론 그렇게 사주한 놈이 있었지만, 자세한 이야기를 털어놓기 싫었다.

그건 곧 자신의 약점을 두 사람에게 고스란히 전달하는 것이었다.

"한데 밖에 있는 사람들은 누구야?"

병실 밖에는 여섯 명의 건장한 사내들이 병실을 지키고 있었다.

"날 이렇게 한 놈들 때문이지. 악랄한 놈들이라 또 어떤 해코지를 할지 몰라서."

정문호는 눈을 부라리며 말했다. 그는 자신을 이렇게 만든 놈을 떠올리는 것 같았다.

'음, 말을 안 하는 것 보니 뭔가가 있는 것 같은데…….'

"내 도움이 필요하면 언제든지 말해라."

이중호는 더는 묻지 않았다. 지금 정문호는 아무것도 말하지 않을 분위기였다.

"그럴게. 와줘서 고맙다."

"빨리 일어나라. 우리끼리 한번 뭉쳐야지."

한종우도 궁금한 게 많았지만, 지금은 기회가 아니라는 걸 알았다.

"그래야지. 걱정해줘서 고맙다."

이중호와 한종우가 병실을 나가자마자 집안의 대소사를 돕고 있는 김덕수 실장이 들어왔다.

"몸은 어떠십니까?"

"보면 몰라서 물으시는 거에요?"

정문호는 김덕수에게는 반말을 하지 않았다. 하지만 그 외에는 나이와 직급에 상관없이 자신의 밑이라 생각하면 반말을 거리낌 없이 던졌다.

그의 아버지인 정태술에게 보고 배운 짓이었다.

"회장님이 일을 빨리 처리하시길 원하십니다. 도련님을 이렇게 만든 놈들에게도 복수를 해야지요."

"후! 보통 놈들이 아닙니다. 섣불리 달려들었다가는 오히려 아저씨가 당해요. 이거 보이세요?"

정문호는 환자복에서 달린 호주머니에서 백 원짜리 하나를 내보였다.

"백 원 아닙니까?"

"이게 내 손등에서 나온 것입니다. 놈은 이걸 무기로 쓴다고요. 이게 머리나 심장에 박히면 그냥 죽는 거예요."

정문호의 말에 김덕수는 눈이 커졌다.

"그러면 이대로 가만있으실 것입니까?"

"그럴 수는 없지요. 날 이렇게 만들어 놓은 것에 대한 복수는 백배 천배로 돌려줘야죠. 하지만 쉽게 생각하고 접근했다가는 우리 쪽이 당해요. 어떻게 할지 구상 중이니까, 조금만 기다려주세요."

"알겠습니다. 그리고 민경석은 트럭에 치여서 죽었습니다."

민경석은 결국 병원에서 치료 중에 사망했다.

"아! 그 개새끼는 그렇게 쉽게 죽으면 안 되는데. 조상태는요?"

"신세계 쪽에서 쫓고 있습니다. 조만간 결과가 있을 것입니다."

"그 새끼는 꼭 살아 있는 채로 잡으라고 하세요. 내가 직접 팔다리를 작살을 내야 하니까."

"예, 그렇게 전하겠습니다. 하여간 도련님께서 구상을 빨리하셔야 일 처리도 빨라지는 것입니다. 저도 그만한 대비를 할 수 있으니까요."

김덕수는 말을 끝내자마자 품속에서 권총을 꺼내어 정문호에게 보여주었다.

"이거 진짜……?"

"물론입니다. 회장님의 일을 하다 보면 목숨을 내어놓아야 하는 일들이 있습니다. 그걸 제가 모두 해결했다는 것을 아셔야 합니다."

"예, 잘 알고 있지요. 그래서 아버지도 실장님에게는 절대 함부로 못 하게 절 교육했으니까요. 빨리 말씀드릴게요."

김덕수의 말에 정문호의 표정이 한결 밝아졌다.

'송예인, 조금만 기다려라. 너에게 지옥을 맛보게 해주테니…….'

정문호는 자신을 이렇게 만든 놈들을 아주 처절하게 만들어줄 생각이다.

그 대상에는 송예인도 포함되어 있었다.

*　　　*　　　*

한라그룹의 주력은 건설, 유통, 화학, 제철, 패션이었다. 나름대로 돈이 되는 여러 분야에 발을 걸쳐놓고 있었지만, 해당 분야에서 두각을 나타내거나 선두를 달리는 회사는 없었다.

또한 회사별로 고유의 브랜드를 가진 회사도 찾기 어려

웠다.

"27개의 계열사를 거느린 한라그룹은 회사별 재무구조
도 그다지 튼튼하지 않습니다. 주력 분야 중 하나인 화학
쪽에서는 올해 적자를 기록할 것 같습니다. 올해 총매출액
은……."

한라그룹에 대한 전반적인 보고가 이어지고 있었다. 한
라그룹은 주력인 한라건설, 한라유통, 한라석유화학, 한라
제철, 한라패션 간의 상호출자 비율이 다른 기업들보다 높
았다.

또한 계열사 간의 채무보증이 상당했고, 계열사로 일감
을 몰아주는 형태의 내부거래도 다른 대기업들보다 많았
다.

그로 인해 발생한 이익금 중 상당한 금액이 한라그룹 정
태술 회장의 뒷주머니로 들어가고 있었다.

상호출자는 회사 간에 주식을 서로 투자하고 상대 회사
의 주식을 상호 보유하는 것을 말한다.

상호출자는 기업끼리 서로 경영권을 보호할 수 있다는
긍정적 측면이 있는 반면에 계열사 간에 실질적인 출자 없
이도 가공적으로 자본금을 늘려 계열사 수를 확대할 수 있
었다.

문제는 특정 기업의 경영이 부실해질 경우에 연관된 기

업이 연쇄적으로 도산할 수 있다는 점이다.

"저희가 직접 손볼 수 있는 곳은 건설과 패션 그리고 석유화학입니다. 특히나 한라패션과 한라건설은 닉스와 닉스 E&C에 밀려 올해 매출이 급감한 상황입니다."

닉스홀딩스의 김동진 비서실장의 보고였다.

현재 국내에서 활동하는 정보팀이 중점적으로 한라그룹을 조사하고 있었다.

"정태술 회장의 주식비율은 어떻습니까?"

"현재 정태술은 한라그룹의 모기업인 한라㈜를 16%를 보유하고 있습니다. 한라를 통해서 주력 계열사인 한라건설은 13%를, 한라패션은 12%를, 한라석유화학은 10%를… 한라유통은 8%로 가장 낮은 주식을 가지고 있습니다. 거기에 아들인 정문호가 한라유통과 한라제철 주식을 각각 3%와 2.5%를 보유 중입니다."

정태술은 한국의 다른 대기업들처럼 작은 지분율로 한라그룹 전체를 지배하고 있었다. 그 모든 걸 가능하게 해주는 것이 상호출자였다.

한라그룹은 법 테두리 안에서 상호출자제한기업집단을 피하고 있었다.

"음, 우호지분 관계는 어떻습니까?"

"현재 파악한 바로는 계열사 간 우호지분을 합하더라도

모기업인 한라의 지분은 30%를 넘지 못합니다. 정태술과 가깝게 지내고 있는 대산그룹에서 한라의 지분을 5% 정도 가지고 있습니다. 대산의 이대수 회장이 별도로 한라의 지분을 가졌는지는 파악 중입니다."

한라그룹의 계열사 간 지분 관계는 상당히 복잡하고 투명하지 않았다.

다섯 개의 주력 회사들을 바탕으로 나머지 계열사들의 주식을 나누어 가지고 있었다.

"자금을 어느 정도 투자하면 되겠습니까?"

한라그룹의 핵심인 한라㈜의 주식을 매집할 계획을 하고 있었다.

그렇게 되면 한라그룹은 경영권 방어를 위해 생각지도 못한 자금을 사용해야만 한다.

그것은 곧 회사가 보유한 자금을 소모하게 하고 지분 관계를 확실하게 알 수 있게 만든다.

"15% 정도 매집했을 때 1,350억 정도가 소요될 것 같습니다."

"15%로 가능할 것 같습니까?"

"충분하다고 생각됩니다. 한라의 1대 주주인 정태술 회장의 16% 지분에 육박하게 되면 적대적 M&A에 대한 생각으로 경영권 방어에 들어갈 것입니다. 그렇게 되면 주가가 상승한 부분만큼 저희는 이익을 가져오지만, 정태술 회장은 경영권을 위해서 높은 가격에 저희가 매집한 주식을 사들일 수밖에 없습니다. 그만큼 정 회장 개인소유의 자금도 소모될 것입니다. 저희는 다시 이익금으로 한라건설과 한라석유화학을 매집하면…….”

한라그룹을 적대적으로 인수·합병하겠다는 목적은 아니었다. 김동진 비서실장의 설명처럼 경영권 방어를 유도해서 한라그룹과 정태술 회장의 여유 자금을 소모하게 할 계획이었다.

“좋습니다. 곧바로 진행하십시오.”

한라㈜의 지분 매입에는 닉스홀딩스와 소빈뱅크가 주도할 예정이다.

*　　　*　　　*

이대수 회장에게 보고된 원유 탐사 보고서와 광물 자원 보고서의 수치가 잘못되었다는 것을 박명준은 뒤늦게 알게 되었다.

“누가 시켰나?”

대산에너지의 대표로서 거짓된 보고가 올라왔다는 것은 참을 수 없었다.

"그게… 죄송합니다. 보고서 작성 중에 제가 수치를 잘못 기재했습니다."

최성근 대리는 박명준의 옆에서 자신을 뚫어지게 쳐다보는 이중호의 눈길에 제대로 말을 할 수가 없었다.

"누가 시킨 게 아니란 말이야?"

박명준의 신경질적인 반응에 최성근은 고개만 더욱 숙일 뿐이었다.

"예, 제가 잘못 기재……."

"야, 최 대리! 일을 그따위밖에 못 해? 전략기획팀에서 어떻게 일을 배운 거야?"

옆에 있던 이중호 부장이 큰소리로 최성근을 향해 소리를 질렀다.

"대표님, 보고서에 관여한 김홍수 과장부터 해서 다 인사위원회에 회부하시죠."

이중호는 박명준보다 더 신경질적인 반응을 보였다.

'중호가 한 일이 아닌가? 일 처리가 뛰어난 김 과장과 최 대리가 이런 실수를 할 일이 없는데…….'

두 사람 다 대산그룹의 인재들이 모여 있는 그룹전략기획팀에서 데려온 인원이었다.

"이 일과 관련된 자세한 경위서를 작성해서 나에게 직접 갖고 와. 그걸 보고서 인사위원회로 넘길지 검토할 것이니까. 나가 봐."

"예, 죄송합니다."

최성근은 고개를 깊숙이 숙인 후 대표실을 나갔다. 그의 표정에는 뭔가 석연치 않은 모습이 느껴졌다.

"형님, 전 미국 쪽 보고서가 정확하지 않아 보입니다."

둘이 있을 때는 이중호는 박명준에게 편하게 형님이라 불렀다.

"오션미네럴사는 자원 탐사 분야에서 공신력 있는 회사 잖아."

박명준이 자원 탐사를 위해 선택한 회사였다.

"최근 들어서 오션미네럴이 추진했던 대부분의 자원 탐사가 실패로 끝났습니다. 이번 1차 탐사 지구에서의 조사 방식도 문제가 있고요."

"내가 볼 때 조사는 큰 문제가 없어 보이는데. 오히려 러시아에서 입수한 보고서가 미심쩍은 부분이 많아 보여."

"어떤 식으로 받아들이느냐가 문제겠죠. 형님은 예전보다 감각이 많이 떨어지신 것 같습니다. 룩오일은 우리가 입수한 원유 탐사 보고서를 토대로 대규모의 유전과 가스전을 발견했습니다."

"그건 코뷔트킨스크 지역이었지. 우린 지금 야쿠티야 지역을 탐사하고 있잖아."

이중호의 말 때문인지 박명준의 목소리가 커졌다.

'후후! 날 경계하고 있어……. 그래 봤자 넌 머슴일 뿐이야.'

"다른 것은 없습니다. 얼마나 열정적으로 원유를 찾느냐죠. 오션미네럴은 탐사 범위를 너무 좁게 잡고 있습니다. 지금보다 더 넓게 탐사를 해야 합니다."

이중호는 박명준의 말에 맞받아쳤다.

"그러면 우리가 예상한 탐사 비용을 오버하게 돼. 2차, 3차 지구는 하지 말라는 건가?"

"그룹 차원에서 보다 적극적인 투자가 이루어져야 한다는 말입니다. 지금보다 3~4억 달러는 더 투자해야 합니다."

"후후! 대산그룹이 현금이 많다고 해도 원하는 만큼 한국은행처럼 돈을 찍어낼 수는 없어. 더구나 룩오일에서 주어야 하는 돈도 적지 않으니까."

이중호의 패기와 열정은 좋았지만, 너무 앞서가는 점이 문제였다.

대산에너지는 앞으로 몇 년간은 수익을 낼 수 없었다.

룩오일과의 탐사광구 계약으로 러시아에서 들여오는 원유와 천연가스 도입을 생각하고 있었지만, 그에 대한 본 계약은 아직 이루어지지 않았다.

더구나 대산에너지의 최종 목표인 유전과 가스전 탐사가 성공적으로 이루어져야만 북시베리아 파이프라인 공사에서 참여할 수 있었다.

　"제 말을 오해하시나 봅니다. 투자도 선택과 집중을 해야만 성공하는 분야가 에너지산업입니다. 과감한 투자가 기회를 성공으로 이끌어내는 것이고요. 이런 말을 하긴 좀 그렇지만 룩오일과의 협상에서 형님이 하셨던 일은 없었습니다. 지금도 큰 기회를 그냥 무산시키려는 모습으로 보이네요."

　말을 마친 이중호는 품속에서 편지 하나를 책상 위에 꺼내 놓았다.

　'모스크바 출장 이후로 중호가 많이 달라졌어…….'

　"이게 뭔가?"

　"러시아의 광물 탐사의 권위자인 로마노프 게오르기 박사의 소견이 담긴 편지를 오늘 받았습니다. 우리가 입수한 자원 탐사 보고서의 작성자 중 한 명이기도 합니다."

　이중호의 말에 박명준은 말없이 편지를 집어 들었다.

　영어로 적힌 편지의 내용은 탐사 보고서의 내용은 정확한 것이며 러시아에서 새롭게 개발한 지질조사 방법에 따라 보고서를 작성한 것으로 공신력 있는 보고서라는 내용이었다.

'러시아의 탐사 방법이라……'

박명준은 러시아에서 개발한 탐사 방법이 신경이 쓰였다. 한편으로 대표인 자신에게 보고 없이 독자적으로 움직이는 이중호의 행동도 마음에 들지 않았다.

그가 맡은 부서의 직원들도 마치 이중호가 대산에너지의 대표인 것처럼 행동했다.

Chapter 11

　예인이는 자신의 방 창가에 서서 북한산을 바라보았다.

　'태수 오빠가 아니었다면… 바보같이 고맙다는 말도 하지 못하고…….'

　예인이는 정문호가 자신을 만질 때 깨어 있었다. 하지만 몸에 힘이 전혀 들어가지 않아 정문호의 행위를 막을 수 없었다.

　마지막이라 생각할 때 강태수가 나타난 것이다.

　'남자들은 왜 추악하고 더러운 행동들을 하는 걸까? 오빠가 아니었다면 난 그놈을 내 손으로 죽였겠지…….'

며칠간 식사를 하지 않아서인지 예인이는 평소보다 말라 보였다.

하지만 그녀의 눈빛은 더욱 선명하고 맑은 모습을 띠고 있었다.

예인이는 방 안에서 있는 동안 일부러 음식을 끊고서 더 높은 경지에 오르기 위해 애를 썼다.

더는 지난번과 같은, 죽고 싶을 만큼의 치욕적인 모습을 당하고 싶지 않기 때문이었다.

불가항력이었던 마취 총에서 스스로 방어할 수 있게끔 자신을 강하게 만들 방법을 찾았다.

조상태가 자신을 향해 총을 겨누고 있다는 것을 알았지 만 다른 인물들 때문에 뒤쪽에 있는 그를 공격할 방법이 없 었다.

예인이는 아버지인 송 관장이 가르쳐준 강력한 수법들을 하나둘 떠올리며 자신만의 방식으로 변화시켰다.

어린 시절부터 늘 혼자서 공상을 즐기며 자신보다 강한 자를 머릿속에서 떠올리며 이미지를 형상화해 대결을 벌였 다.

그것이 오랜 세월 동안 지속되어 오자 이젠 선명하게 눈 으로 보이듯이 대결하는 인물을 불러낼 수 있었다.

그리고 오늘 자신의 아버지인 송 관장도 해내지 못한 발경(發勁)수법의 하나인 격산타우(隔山打牛)를 완성했다.

격산타우는 산을 통해서 소를 친다는 이름에서 알 수 있 듯이 어떤 물체에 힘을 가해 그 뒤에 있는 대상에 타격을 가할 수 있는 수법이었다.

발경 수법 중에서도 가장 어려운 수법이기도 했다.

그걸 증명이라도 하듯 신발 상자 뒤쪽에 놓인 화장품 빈 병들이 깨져 있었다.

"참을 수 없는 분노가 마음의 힘을 끌어낼 줄 몰랐지만, 이젠 마음이 가는 곳에 힘을 부여할 수 있게 되었어……."

송 관장이 가르침을 통해 전하던 말 중에는 '기는 몸 안 에 돌지만 그걸 움직이는 것은 생각이 아닌 마음이다'라고 했다.

또한 '마음은 가지 못하는 곳이 없고 닿지 못하는 곳이 없으니, 마음이 가는 대로 기를 보낼 수 있다면 그것이 곧 경지이고 고수다'는 말로 정의했다.

예인이는 송 관장이 말한 고수의 반열에 올랐다. 그걸 너 무 쉽게 해내는 것이 예인이의 무서움이었다.

"이젠 나도 마음이 가는 대로 움직일 거야."

얼굴에 옅은 미소가 피어오른 예인이의 눈동자에 집으로 걸어오는 강태수가 들어왔다.

＊　　　＊　　　＊

예인이 납치에 가담했던 조직이 강남에 자리를 잡은 신세계파라는 것을 확인했다.

한라그룹뿐만 아니라 신세계파도 정리 대상에 집어넣었다.

그리고 조사 과정에서 신세계파를 이끌고 있는 김욱이 송 관장의 옛 제자들에게 손을 뻗쳤던 인물이라는 사실을 알게 되었다.

"신세계파는 한라그룹과 밀접한 관계를 이어오고 있었습니다. 한라건설에서 추진하고 있는 금호와 옥수동 재개발 사업에도 신세계파 산하의 세기건설이 철거를 전담하고 있었습니다. 그동안 한라건설에서 진행했던 재개발 사업에……."

국내 정보팀을 이끄는 김충범 실장의 말이었다.

서울 성동구에서 추진하는 금호동, 옥수동, 행당동 일대의 재개발사업이 올 6월부터 대대적으로 추진하고 있었다.

금호동, 옥수동, 행당동 일대의 12개 지구 19만 평에 대해 6월부터 재개발사업에 착수해 모두 2만여 가구의 아파트를 공급할 계획으로 사업이 추진되고 있었다.

한라건설은 3년 전부터 재개발사업에 뛰어들어 짭짤한

수입을 올리고 있었다.

"공사 일정에 따른 손해를 줄이기 위해 무리하더라도 강제 철거와 불법 행위를 해줄 업체가 한라건설은 필요했었던 것입니다. 그동안 한라건설에 맡은 재개발사업장은 아파트 건설 기간이 다른 사업장보다 빨랐습니다. 그러다 보니 재개발을 추진하는 해당 구청이나 재개발 조합에서 한라건설을 선호하게 되었습니다."

한라건설이 맡은 재개발은 항상 주민들과의 마찰이 심했고 다툼으로 인한 부상자들도 많았다.

더구나 법에 어긋나는 강제 철거로 주민들이 제대로 된 보상을 받지 못하고 쫓겨나는 일도 다반사였다.

한라건설 대신 그 모든 일을 앞장서서 진행한 곳이 세기건설이었다.

"음, 한마디로 세기건설이 불법적인 일은 도맡았어야 했말이군요."

"예, 그렇다고 보시면 됩니다. 신세계파는 세기건설을 통해서 상당한 자금을 융통해 세력을 확장하고 있었습니다."

신세계파의 김욱은 경쟁자인 강남파를 넘어서기 위해 세력 확장에 열을 올렸다.

그렇기 위해서는 상당한 자금이 필요했고 세기건설이 그 역할을 톡톡히 하고 있었다.

"음, 악어와 악어새의 공생관계라… 이젠 두 관계를 깨지게 만들어야겠습니다."

예인이의 일을 떠나서 이대로 내버려 둘 수 없었다.

돈을 위해서 물불을 가리지 않고 불법적인 일을 서슴없이 저지르는 한라건설이나 세기건설 모두 썩은 내가 진동하는 쓰레기 같은 집단이었다.

*　　　*　　　*

재개발이 진행되고 있는 금호 6구역은 어수선했다. 재개발에 반대하는 붉은 깃발들이 걸려 있는 집들이 곳곳에 보였다.

동네는 어수선했다.

재개발을 찬성하는 사람들보다 반대하는 사람들이 더 많던 곳이었는데 어느 순간 재개발을 찬성하는 쪽으로 되어버렸다.

재개발 조합에서 통반장들을 동원해서 집집마다 돌아다니면서 찬성도장을 받은 결과였다.

몇십 년간 한동네에서 얼굴을 보며 지내온 통장과 반장은 재개발 조합에 협조하며 동네 주민들을 설득했다.

이들은 낡은 집을 내주면 아파트에 들어갈 때 따로 내는 돈 없이 새집을 얻을 수 있다는 말로 사람들을 설득했다.

주로 50대 이상의 나이가 있는 사람들을 중점 삼아서 찬성 도장을 받았고, 통반장은 도장 하나당 5만 원의 수고비를 조합에서 받았다.

찬성 도장을 찍어준 집마다 조합에서 선물로 준 밥통이 하나씩 놓여 있었다.

하지만 그 작은 이익 때문에 너무나 큰 것을 잃어버릴 줄 주민들은 아무도 몰랐다.

부인이 건네준 조합 우편물을 본 김평일 씨의 얼굴색이 변했다.

"지금 무슨 소리야? 우리 집 평가금액이 7천 5백만 원이라니?"

집집마다 날아온 토지와 건물 평가금액들이 담긴 우편물을 받은 사람들이 불만히 가득한 소리를 토해냈다.

"집이 낡아서 땅값만 평가했대요."

남편의 물음에 부인은 자기가 조합 사람에게 들은 이야기를 전했다.

"시방! 무슨 소리요? 지금 당장 팔아도 1억 5천 이상을 받는 집을. 이 새끼들이 지금 장난하나?"

김평일은 부인의 말을 듣고는 곧장 조합 사무실이 있는

곳으로 향했다.

조합 사무실이 있는 건물 앞에는 여러 사람들이 모여 있었다.

김평일과 같은 이유로 조합 사무실을 찾아온 인물들이었다.

"집을 완전히 똥값으로 취급했다니까? 내 집이 6천만 원이래. 기가 차서 말이 나오지 않는다니까."

윗동네 박 씨였다.

"2억까지 준대도 팔지 않은 집을 1억도 안되게 평가를 해버렸어. 이게 사기꾼들이지 뭐여."

그때 세탁소를 운영하는 정 씨가 모여있는 사람들에게 이야기를 전했다.

"내가 들어보니까, 아파트에 들어가려면 최소한 3억은 이어야 한다는데?"

"뭔 말이야? 집주인들은 아파트를 그냥 준다고 하지 않았어?"

옆에 듣고 있던 최 씨 아주머니가 눈을 동그랗게 뜨고 말했다.

"아니래요. 적어도 3억은 있어야 한대요."

슈퍼를 하는 김씨가 고개를 저으며 말했다. 가게가 딸린 그의 집도 1억 2천만 원이라는 평가를 받았다.

재개발이 결정되기 전부터 그의 집은 2억 3천에 매매하자는 복덕방의 제의가 있었다.

"여기서 떠들지 말고 안에 들어가서 조합장에게 따집시다."

어느 순간 조합 사무실 앞으로 서른 명에 가까운 인원들이 모여들었다.

다들 건물과 토지 평가금액에 불만을 가진 사람들이었다. 조합 사무실로 들어가려고 할 때 건물 안에서 조합의 총무이사가 건장한 청년들과 함께 나왔다.

재개발 조합 총무이사는 성동경찰서 형사 출신이었다.

"지금 조합장님은 출타 중이시라 안에 들어가셔도 만나 뵐 수 없습니다. 무슨 문제로 그러신지 말해주시면 제가 전달하겠습니다."

"뭔 소리 하는 거야? 내가 들어가는 것 봤는데."

윗동네 박 씨가 말을 마치고 조합 사무실 안으로 들어가려고 하자 험상궂게 생긴 인물 하나가 앞을 막아섰다.

"조합장님이 안 계신다고 하잖아요."

다분히 위협적인 말투로 박 씨를 막아섰다.

"나 지금 만나야겠어. 우리 집을 헐값을 처먹으려고 해."

박 씨는 사내의 위협에도 아랑곳하지 않고 안으로 들어가려 했다. 월남전에 참전했다는 박 씨는 현재 고물을 팔아

생활했다.

자신과 같은 처지에 놓인 수십 명의 사람들이 함께한다는 것이 박 씨가 용기를 낸 이유이기도 했다.

그때였다.

퍽!

소리와 함께 박 씨가 배를 감싸 안으며 그대로 바닥에 주저앉았다.

"이 새끼가 어딜 밀어!"

박 씨를 때린 놈은 큰 소리로 자신의 행동이 정당한 것으로 말하듯이 외쳤다.

"야! 이 친구야, 그렇다고 조합원님에게 그러면 쓰나."

그 모습을 지켜보던 총무이사가 재빨리 박 씨에게 다가가며 말했다.

"죄송합니다. 제가 흥분해서 실수한 것 같습니다."

사내는 총무이사의 말에 고개를 숙이며 재빨리 자신의 잘못을 사과했다.

한편에서는 총무이사 옆에 있던 인물들이 입고 있던 잠바를 하나둘 벗었다. 그러자 짧은 셔츠만 입고 있던 그들의 팔뚝에 새겨진 문신들이 나왔다.

그 장면에 박 씨와 함께 조합 사무실로 들어가려던 사람들이 쥐 죽은 듯이 조용해졌다.

쿨럭! 쿨럭!

박 씨는 작지 않은 충격을 받았는지 기침을 계속했다.

"지금은 여러분이 조합장님을 뵐 수가 없습니다. 저에게 말씀하시면 제가 성심껏 전달하겠습니다."

"집값을 똥값으로 매기면 어떻게 하자는 거야? 다른 지역보다도 평가금액을 높게 쳐준다고 했잖아? 그래서 재개발에 찬성한 거지. 안 그렇습니까, 여러분?"

그 와중에 모인 사람 중 40대로 보이는 한 인물이 소리치며 말했다.

"맞아요. 말도 안 되는 가격을 매겨."

"지금 집을 팔아도 1억이 훨씬 넘는 집을 6천만 원이 말이 돼."

여기저기서 불만 섞인 소리가 터져 나왔다.

"자자! 진정들 하시고 제 말을 들어보십시오. 재산평가는 저희가 하는 게 아니라 공신력 있는 평가 기관에서 진행한 것입니다. 평가에 만족하신 분들도 계시고 그렇지 못한 분들도 계시리라고 생각됩니다."

"만족하는 사람이 어디 있어요?"

총무이사의 말이 끝나자마자 미장원을 하는 이 씨 아줌마가 소리쳤다.

"좋습니다. 지금은 조합장님이 안 계시니까 내일 한 분,

한 분 오셔서 불만 사항에 대해 얘기해주세요. 이렇게 몰려와서 소란을 피우면 제가 협조해 드리고 싶어도 할 수가 없어요."

총무이사는 능글맞은 웃음을 보이며 말했다.

"그리고 집을 내주면 무조건 아파트를 준다고 하지 않았어요?"

이 씨 아줌마 옆에 있던 할머니가 물었다.

"하하하! 누구한테 그런 소리를 들으셨는지는 모르겠지만, 조합은 그런 소리를 한 적이 없습니다."

총무이사는 마치 처음 듣는 소리인 양 웃으면서 말했다.

"뭔 소리 하는 기냐. 통장이 도장 받으러 와서는 나한테 분명히 말했는데."

"할머니, 통장이 조합에서 일하는 사람입니까?"

"통장이 조합 사무실에서 필요하다고 도장을 받아 갔잖아?"

"저희가 부탁한 적이 없습니다. 그분이 자발적으로 한 거예요. 재개발되면 자신한테도 유리하니까요."

할머니에게 도장을 받아간 통장은 좋은 가격에 집을 팔고 다른 곳으로 이사를 했다.

"자! 여러분, 조합은 거짓말을 한 적이 없습니다. 이상한 분들의 이야기를 듣고서 마치 조합에서 그랬다는 듯이 말을 하시면 안 됩니다. 유언비어를 만들거나 날조하시면 조합에서 고서를 하겠습니다. 그리고 평가금액이 마음에 들지 않으신 분들은 별도로 접수하세요. 저희가 다시 검토해서 평가를 한 번 더 하겠습니다."

총무이사의 말에 사람들은 두 패로 나누어졌다. 조합을 믿고 평가를 다시 받겠다는 부류와 지금 당장 시세에 맞는 평가를 하라는 부류였다.

그런 모습을 지켜보는 총무이사와 그 옆의 인물들은 옅은 비웃음을 보내고 있었다.

*   *   *

"현재 세기건설은 한라건설과 함께 금호동, 옥수동 일대 재개발사업에 뛰어들었습니다. 성동구와 재개발 조합들에게 상당한 로비를 했는지 행당동을 뺀 나머지 두 지역의 재개발사업의 주관사로 선정되었습니다. 재개발 조합들에게 뿌린 돈만 1백 5십억 이상을 쓴 것 같습니다."

닉스홀딩스의 비서실장인 김동진의 보고였다.

"불법적인 상황들은 모두 조사를 하고 있지요?"

"예, 각 조합의 조합장들과 한라건설 관계자들에 대해서 자세히 조사를 진행하고 있습니다."

재개발이 들어가는 초기부터 한라건설과 세기건설의 불법과 비리에 대한 조사를 진행하여 증거를 수집하고 있었다.

"두 지역의 재산평가금액이 확실히 문제가 되는 것은 맞습니까?"

"예, 저희 쪽 감정평가사들이 여러 번 현장을 방문해서 꼼꼼히 검토하고 내린 결론입니다. 현 시세보다 80~90% 적게 평가를 산정한 집이 많았습니다. 하지만 조합 임원들과 관계자들은 평가금액이 10% 이상 높았습니다. 한편으로 조합과 세기건설과의 철거 공사 계약이 다른 철거 업체가 제시한 가격보다 20% 이상 높은 가격임에도 계약이 체결됐습니다."

그 모든 것은 조합 임원들과 시공사인 한라건설이 이익을 취하려는 행동이었다.

또한 세기건설은 철거 비용을 높게 책정하고 그 남은 금액을 재개발 조합장과 임원들에게 뇌물로 제공했다.

돈이 되는 재개발사업은 끊임이 없는 비리가 발생하는 복마전이었다.

"아직 공사가 시작도 안 했는데도 비리투성이군요. 그리고 우리 때문에 주민들이 피해가 발생하면 안 됩니다."

"예, 그 점은 염려하지 않으셔도 됩니다. 오히려 저희 때문에 제대로 된 시공사를 만날 수 있게 될 것입니다."

지금껏 재개발이 진행되면 원래 살던 주민들 대다수가 정겹게 살던 고향 같은 동네를 떠나 다시 돌아오지 못했다.

그 때문에 이웃 간의 정을 나누며 살아가던 나이 많은 어른들의 상실감이 가장 컸다.

낯선 동네에 정착하더라도 옛 동네만큼의 정겨움은 찾을 수가 없었다.

"그럼 계획한 대로 일을 진행하십시오."

"예, 차질 없이 진행하겠습니다."

김동진 실장이 나가자 난 창밖으로 보이는 한라그룹의 본사를 바라보았다.

한라그룹의 성장을 보여주듯 올봄에 완공한 47층짜리 빌딩이었다.

하지만 한라그룹의 경영 상태는 외부에서 볼 때와 달리 좋은 평가를 받을 수 없는 상황이었다.

독불장군식 정태술 회장의 경영 방식은 계열사 사장들을 움츠러들게 하였고, 독자적인 목소리를 낼 수가 없었다. 그러한 그룹 내 환경은 정태술에 대한 눈치만 살피는 보신주의를 만연하게 하였다.

음식 조절을 못 하는 비만아처럼 덩치만 커지고 있는 한라그룹은 겉으로는 탄탄해 보였지만 안에서부터 이미 부실

함이 가득한 기업이었다.

"어리석은 자의 말로가 어떻게 되는지 똑똑히 보여주지……."

온몸이 모두 썩어 들어가기 전 다리 하나를 제거하는 것이 생명을 구하는 것처럼, 한라그룹을 지금 정리하는 게 이 나라를 위해서도 나았다.

다른 부실 그룹들과 함께 IMF 때 한꺼번에 무너진다면 그 충격은 쉽게 감당할 수 없는 부분이었다.

* * *

한적한 강원도 시골 마을 입구에는 이곳에서 흔히 볼 수 없는 그랜저 2대가 모습을 드러냈다.

"여기가 확실하지?"

차 문을 열고 나오는 인물은 신세계파 행동대장인 박재동이었다.

"예, 조상태가 중학교 졸업 때까지 3년 동안 머문 동네입니다."

"크~ 악! 퉤! 조상태, 그 개새끼가 병신 지랄을 할 거라고 그렇게 말을 해도 들어 먹지를 않아요. 차는 여기에 세우고 조용히 움직인다."

가래침을 땅바닥에 뱉으며 말하는 박재동은 조상태와 신세계파에서 라이벌이었던 인물이기도 했다.

박재동도 신세계파에서 중요하게 생각하고 있는 정문호와 얼굴을 트고 싶었지만, 김욱은 늘 조상태에게 일을 맡겼다.

그것이 불만이었고 평소 조직의 보스인 김욱에게 이쁨을 받았던 조상태를 좋게 보지 않았다.

2대의 승용차에서 내린 8명의 인물들은 차 트렁크에서 손도끼와 알루미늄 야구 배트를 챙겼다.

도망 중인 조상태가 숨어 있는 곳은 마을 끝자락에 자리 잡은 빈집이었다.

이 집에 살던 노부부 중 남편이 암에 걸려 서울에 있는 중앙병원에 장기간 입원 중이었다.

Chapter 12

"후! 답이 없어. 곧바로 일본으로 넘어갔어야 했는데."

방에 누워 있는 조상태는 절로 한숨이 나왔다.

정문호의 일이 있었던 후 잠시 집에 들렀던 것이 발목을 잡고 말았다. 홀어머니를 그냥 두고 갈 수는 없었다.

신세계파는 생각보다 빨리 움직였고, 일본과 중국으로 넘어가는 밀항 루트가 모두 막혀 버렸다.

머리맡에 놓아둔 담뱃갑을 집어 들었다. 하지만 담뱃갑 안에는 그가 원하는 담배가 없었다.

"시발, 담배도 떨어졌네."

숨어 지내는 동안 담배는 조상태의 유일한 위안거리였다. 술을 좋아하는 조상태였지만, 도망 중에는 일부러 술을 피했다.

조금이라도 술에 취해 흐트러지는 순간, 그 자신이 끝이라는 것을 경험을 통해 잘 알고 있었다.

큰일을 앞두고 많은 인물이 술 때문에 명을 달리했던 걸 조직생활을 중에 여러 번 목격했기 때문이다.

"후! 담배를 사러 가야겠네. 이거라도 없으면 죽을 것 같으니까."

답답한 마음 때문에라도 담배 생각이 너무 간절했다. 웬만하면 외출을 삼가고 있었지만, 담배는 참기 힘들었다.

조상태는 가죽 재킷을 입고 밖으로 나가려는 찰나 밖에서 여러 명이 움직이는 발소리가 들렸다.

'이런! 벌써 꼬리를⋯⋯.'

조상태는 방문을 걸어 잠그고는 뒤쪽에 나 있는 쪽문으로 향했다.

이 집을 선택한 이유도 비상시에 뒤편으로 나 있는 작은 쪽문을 이용할 수 있다는 점 때문이었다.

끼이익!

낡은 경첩 때문에 원하지 않은 소음이 났다.

"문조차 도와주질 않네."

조상태가 문을 열자마자 밖으로 튀어 나갔다. 그 순간 방문이 흔들리다가 그대로 부서져 나가며 회칼과 손도끼를 든 두 명의 인물이 방 안으로 들이닥쳤다.

"뒤쪽으로 나갔다!"

두 명 중 하나가 쪽문이 열린 걸 확인하고는 크게 소리쳤다.

"저기 있다!"

"저 새끼 잡아!"

그리고 곧바로 조상태를 쫓는 소리가 이어졌다.

헉헉!

조상태는 죽을힘을 다해 뒷산을 오르고 있었다. 자신을 잡으려고 온 인물들이 누구인지 확인한 순간 이를 악물고 달렸다.

"헉헉! 하필 박재동이야."

놈은 악랄한 독종이었다. 자신을 성한 몸으로 데려가지 않을 것이 분명했다.

그는 평소 조상태를 눈엣가시처럼 여겼다.

자신을 쫓아오는 인물은 다섯이었다. 그 속에 박재동이 없었다.

"헉헉! 분명 박재동의 목소리였는데."

잠시 숨을 고르기 위해 멈춰 섰을 때, 반대편에서 세 명의 인물이 나타났다.

"어이! 조상태, 그만 끝내지."

다섯 명의 인물들이 조상태를 박재동이 나타난 방향으로 몰아간 것이다.

"너라면 멈추겠냐?"

박재동은 다시금 움직이기 시작했다. 정상 근처까지만 가면 자신만이 아는 샛길로 마을을 벗어날 수 있었다.

하지만 체력이 예전 같지 않았고, 추격하는 놈들은 악에 받쳐 있는 듯이 따라왔다.

조상태는 결국 산 중턱에서 따라잡혔다.

"헉헉! 이 개새끼가 쉽게 끝낼 일을 어렵게 만들어."

박재동이 거친 숨을 몰아쉬며 조상태를 향해 소리쳤다.

누군지 알 수 없는 무덤가로 몰린 조상태는 긴장한 채로 바닥에 있는 돌을 집어 들었다.

자신을 둘러싼 인물들 모두가 무기를 들고 있었다.

"이왕 이렇게 가는 마당에 한 놈은 저승길이 심심치 않게 길동무로 데려가 주마."

조상태는 앞에 있는 인물들을 하나하나 둘러보며 말했다. 그들 모두 신세계파 행동대원들이었고 박재동의 직속 부하들이었다.

"아! 저 새끼는 아직도 정신 못 차리고 허세를 떨어. 넌 여기서 못 죽어. 한라그룹의 정문호가 너의 팔다리를 직접 자르겠대."

박재동은 무덤가에 놓인 비석 위에 걸터앉으며 말했다.

"지금까지 내가 한 말은 모두 지켜왔다. 들어와."

조상태는 낮게 자세를 잡고는 행동대원을 노려보았다.

"하하하! 저 새끼는 저래서 안 돼. 야! 시발아, 네 엄마 죽게 둘 거야?"

박재동의 한 마디에 조상태는 손에 쥐고 있던 돌을 힘없이 바닥에 떨어뜨렸다.

조상태는 조직 생활을 했지만, 홀어머니에게만큼은 열심을 다하는 효자였다.

"어머니한테 손대면 죽어서도 가만두지 않을 거다."

조상태는 박재동을 죽을 듯이 노려보며 말했다.

"내가 할망구를 죽이든 말든, 그건 네가 결정할 문제가 아니야."

박재동이 여유를 부리는 이유가 있었다. 그 또한 조상태가 자신의 어머니를 끔찍이 생각하는 것을 잘 알고 있었다.

털썩!

조상태는 그 자리에서 곧바로 무릎을 꿇었다.

"재동아, 정말 미안하다. 네가 시키는 대로 다 할 테니까,

제발 우리 엄마는 건들지 마라."

조상태는 박재동에게 고개를 조아리며 말했다.

"아! 이 새끼가 정말 눈물 나게 하네. 안 그러냐?"

박재동은 자신의 콧등을 매만지며 부하들에게 말했다.

"낄낄낄! 형님, 너무 눈물겨워서 볼 수가 없습니다."

"하하하! 이런 새끼를 회장님이 왜 곁에 두었는지 모르겠습니다."

박재동의 말에 여기저기서 조상태를 비웃는 웃음이 들려왔다.

"시발! 그래서 내가 좆 같은 거야. 이런 허접한 새끼를 회장님이 싸고돌았으니 말이야."

박재동은 부하의 말에 분노를 표했다.

"형님, 일단 아킬레스를 끊어버릴까요?"

"아니, 그 전에 할 일이 있다. 저 좆 같은 놈 때문에 구두가 열라 더러워졌잖아. 야, 이리 와서 구두에 묻은 흙을 네 헛바닥으로 깨끗이 닦아. 흙이 하나라도 남아 있으면 네 엄마하고 손잡고 하늘나라 가는 거야."

박재동의 말에 조상태는 엉금엉금 기어서 박재동에게로 향했다.

박재동의 말처럼 그의 구두는 흙먼지로 뒤덮여 있었다.

"네 엄마를 생각해서 잘 닦아."

박재동은 발을 들어서 조상태의 얼굴에 갖다 댔다.

조상태가 혀를 내밀어 구두를 닦으려고 할 때였다.

뒤쪽에서 세 명이 인물이 나타났다.

"이 새끼, 이거 아주 싸가지가 없는 놈이네."

말을 던진 인물은 김만철이었다. 김만철은 강태수의 지시로 조상태의 행방을 뒤쫓고 있었다.

"크크! 어떤 놈인지 몰라도 죽을 자리를 제대로 찾아왔네. 무덤 옆에서 죽는 것도 나쁘지 않아."

박재동이 뒤돌아서며 말했다.

"사람은 말이다, 할 짓이 있고 못할 짓이 있는 거야. 그래서 짐승과 구별하는데, 넌 짐승만도 못한 놈이네."

박재동이 조상태에게 한 짓을 김만철은 잠시 지켜봤다.

"야! 내가 저 개소리를 듣고 있어야 해?"

박재동이 부하들에게 외치자 김만철과 가장 가까이에 있었던 인물이 손도끼를 들고 달려들었다.

김만철은 자신의 머리를 향해 거침없이 내려치는 손도끼를 향해 그대로 몸을 회전하면서 킥을 날렸다.

수비와 공격을 동시에 펼친 수법으로 그 빠르기와 높이가 김만철을 공격했던 인물이 생각한 범위를 한참 벗어나 버렸다.

휭!

허공을 향해 헛손질하는 순간 그의 목덜미에 강력한 충격이 전해졌다.

"컥!"

짧은 외마디 비명과 함께 그대로 땅바닥에 고꾸라졌다.

그 기세를 몰아 김만철은 앞에 서 있는 인물을 향해 몸을 날렸고, 그와 함께 온 경호 요원들도 삼단봉을 손에 쥔 채로 신세계파 인물들을 상대했다.

두 명의 경호 요원은 특수부대 출신이었고, 별도로 김만철에게 격술을 배워온 인물들이었다.

박재동을 뺀 7명의 인물들이 바닥에 거품을 물고 쓰러진 시간은 채 5분도 되지 않았다.

"누, 누구야 너희들은?"

박재동은 주춤주춤 뒤로 물러나며 물었다. 자신의 부하들은 조직 간의 싸움에서 늘 선봉에 섰던 인물들이었다.

싸움이라면 일가견이 있었고, 깡도 상당해서 쉽게 쓰러질 인물들이 아니었다.

하지만 눈에 보이는 결과는 달랐다.

"조상태 씨의 어머니는 우리가 보호하고 있으니까. 저놈은 조상태 씨가 처리하는 걸로 하지."

김만철은 박재동이 원하는 말을 해주지 않았다.

"정말입니까?"

김만철의 말에 조상태는 눈이 커지며 다시 물었다.

"거짓말하려고 여기까지 왔겠어. 걱정하지 말고 저놈이나 처리해."

김만철의 말에 조상태는 주먹을 불끈 쥐고는 박재동에게 걸어갔다.

"시발! 이 새끼들이 누구야?"

자신에게 걸어오는 조상태를 바라보며 박재동이 물었다.

"나도 몰라, 하지만 한 가지는 알지. 우리 엄마를 위해서라도 널 죽여야 한다는 걸."

"이 새끼가 날 물로 보나."

박재동은 허리춤에서 회칼을 꺼냈다. 박재동은 조직 내에서 유명한 칼잡이였다.

"자! 이걸 써."

김만철은 조상태에게 삼단봉을 던져주었다. 러시아에서 특별히 제작한 삼단봉은 강력한 파괴력과 강도를 지닌 무기였다.

조상태는 묵직한 삼단봉이 마음에 들었다.

"이렇게 끝내는 것도 나쁘지 않아."

박재동은 칼끝을 입에 살짝 대자마자 그대로 조상태의 얼굴을 향해 휘둘렀다.

순간적인 동작이 무척이나 빨랐다.

뒤로 얼굴을 피했지만, 칼끝이 조상태의 얼굴을 스쳐 지나갔다. 그러자 왼쪽 볼에서 붉은 핏방울이 새어나면서 흐르기 시작했다.

'놈에게 거리를 주면 안 돼.'

조상태는 박재동이 칼을 쓰는 것을 몇 번 보았었다. 박재동은 생각보다 팔이 길었고, 자신의 긴 팔을 잘 활용했다.

"생각보다 실력이 별로야. 이런 실력으로 행동대장 노릇을 했다니."

조상태는 다혈질적인 박재동의 화를 돋우기 위해 말을 뱉었다.

"네놈의 모가지가 땅에 떨어져도 그런 소리가 나오는지 볼까?"

이번에도 말이 끝나기가 무섭게 칼을 휘둘렀다. 박재동이 칼을 휘두르는 동작은 정말로 팔이 쭉쭉 늘어나는 것처럼 보였다.

조상태는 이전보다 빠른 동작으로 칼을 피하면서 삼단봉을 휘둘렀다. 하지만 그의 공격은 박재동이 예상하던 공격 루트에서 벗어나지 못했다.

손쉽게 조상태의 공격을 피하면서 박재동은 조상태를 밀어붙였다.

치명적인 상처를 입힐 수 있는 칼이라는 무기의 위협감이 조상태의 움직임을 여유롭지 못하게 했다. 더구나 박재동은 칼을 능수능란하게 다루었다.

신세계파 최고의 칼잡이라는 말에 어울리는 모습이었다.

"저희가 나설까요?"

불안한 모습으로 지켜보는 경호 요원이 김만철에게 물었다. 삼단봉을 제대로 다루지 못하는 조상태가 금방이라도 박재동에게 당할 것처럼 보였다.

"아니, 그대로 둬. 실력이 없는 놈을 굳이 힘들게 데려갈 필요는 없어."

김만철은 팔짱을 낀 채로 싸움을 계속 지켜볼 뿐이었다.

"왜? 계속 나불대지 않고."

박재동의 얼굴에는 여유가 넘쳐났다. 그와 반대로 가슴과 왼팔에 상처가 더 생긴 조상태의 표정은 굳어 있었다.

'이대로는 내가 당한다.'

자신을 도와준 인물들은 지금의 싸움에 나서지 않을 것이 분명했다.

박재동은 조상태가 생각한 이상으로 실력이 뛰어났다.

'한번 해보자. 기껏 죽기밖에 더하겠어…….'

생각을 정리한 조상태는 결심한 듯 삼단봉을 힘껏 잡았다. 그리고는 박재동을 향해 점프하듯이 그대로 달려들었다.

조상태는 갑작스레 움직임을 보였으나, 박재동은 뒤로 물러서지 않은 채 칼을 든 오른손을 조상태의 가슴을 향해 쭉 뻗었다.

조상태 또한 오른손에 들고 있던 삼단봉을 앞으로 뻗었다.

"악!"

짧은 비명의 주인공은 조상태가 아니었다. 박재동의 칼보다 조상태의 삼단봉이 조금 더 길었다.

칼끝이 살짝 조상태의 가슴에 닿았지만, 삼단봉은 깊숙이 박재동의 명치를 파고들었다.

픽!

그리고 곧바로 조상태의 왼 주먹이 박재동의 면상에 적중하는 순간 그대로 앞으로 꼬꾸라졌다.

털썩!

왼손잡이인 조상태는 한때 권투로 동양 챔피언까지 바라보았던 인물이었다.

현역시절 그의 주먹은 꽤 매서웠었다.

"후! 조금만 짧았어도 내가 갈 뻔했네."

조상태는 싸움 도중 계속해서 박재동의 칼을 잡고 있던 팔 길이를 재고 있었다.

그 와중에 박재동이 휘두른 칼에 여러 번 상처를 입었다.

"머리를 쓸 줄 아는군."

김만철은 조상태의 행동이 마음에 들었다.

"왜 절 도와주신 것입니까?"

자신을 도와준 인물들은 처음 보는 사람들이었다.

"널 선택한 분 때문이지."

김만철의 말에 조상태는 어리둥절한 표정을 지을 뿐이었다.

*　　*　　*

한라그룹의 최상층에 자리 잡고 있는 회장실에서 고함이 들려왔다.

"사업을 말아먹으려 그래! 언제 철거하고 공사에 들어갈 거야?"

한라그룹의 정태술 회장은 한라건설의 이두영 사장을 몰아붙였다. 정태술은 한라그룹은 모태가 되는 한라건설을 특히나 챙겼다.

성격 급한 정태술은 금호동과 옥수동 재개발사업의 사업 속도를 내길 원했다.

한라그룹은 새롭게 시작한 신규 사업들로 인해서 자금의 흐름이 원활하지 않았다. 이번 재개발사업을 통해서 그룹

내 융자경색을 줄일 생각이었다.

"아직 조합원들의 이주가 끝나지 않았습니다."

"야! 벌써 시간이 얼마나 지났는데 어물쩍거려. 재개발은 시간이 돈이라는 걸 몰라."

"그게… 이번 금호동과 옥수동 주민들 상당수가 재개발 조합에 소송을 걸어왔습니다."

"무슨 소리야? 법을 알지도 못하는 무지렁이들이 무슨 소송을 해?"

정태술은 자신보다 밑에 있는 사람들 모두를 무시하는 인물이었다.

"저도 그게 좀 이상합니다. 다른 재개발에서는 전혀 볼 수 없었던 일입니다."

"자세히 말해 봐."

"그게 재개발 조합에서 조합원들의 건물과 땅을 평가한 금액이 현재 시세와 맞지 않는다며 소송을 걸었습니다. 그리고 재개발에 반대하는 인물들에 의해서 재개발사업 시행 인가처분에 대한 취소 소송과 고발장이 들어왔습니다. 조합 설립 동의서를 받는 과정에서 서류에 대한 매수와 위조를 했다는 혐의입니다."

지금까지 재개발을 진행하는 과정에서 소송과 고발장은 조합 측에서 조합원을 상대해서 진행했었다.

본격적인 조합원의 이주가 시작되기도 전에 조직적으로 재개발 조합을 향해서 고소와 소송이 이루어진 적은 없었다.

　"하! 기가 차는군. 일을 그따위로 처리하고 월급을 받아 처먹으니. 이게 동네 주민들이 한 일 같아?"

　"다른 쪽에서 관여했다는 말씀입니까?"

　"그럼 소송이 무슨 애들 장난이야? 변호사는 누가 샀을 것 같아? 십시일반으로 조합원들이 각출해서 변호사비를 냈을까?"

　정태술 회장의 말이 맞았다.

　복잡한 소송을 준비하고 접수하는 일은 일반적인 서민들이 할 일이 아니었다. 더구나 재개발 관련 전문 변호사도 드물었기 때문에 절대 쉬운 일이 아니었다.

　금호동과 옥수동은 조합 설립을 위해 필요한 조합 동의서를 받는 과정도 손쉬웠다.

　동네에 친분이 있는 인물들의 그럴싸한 말과 밥통 하나씩 안기면 그걸로 끝이었다.

　재개발사업과 관련되어 꼬치꼬치 캐묻는 사람도 없었고 재개발에 반대하는 인물들도 조직적인 움직임이 아닌 개별적으로 행동했기 때문에 손쉽게 대응할 수 있었다.

　그런데 지금 뒤통수를 때리는 일이 발생한 것이다.

"이미 끝난 게임에 수저를 얹는 건설사가 있지 않을 텐데요. 그들에게도 이익이 없는 데 말입니다."

이미 재개발 조합과 계약이 결정된 상황이었다. 다른 건설사가 새로운 조건을 제시했다고 해도 다시 되돌릴 수 없었다.

"건설사가 아닐 수도 있어. 콩고물이 많이 떨어지는 사업에 부스러기라도 먹으려는 놈들일 수도 있지. 이런 놈들이 한둘이었어? 소송으로 공사가 지연되면 지금까지 들어간 돈에 몇 배가 그냥 사라지는 거야. 지금 당장 제대로 조사해봐."

"예, 알겠습니다."

이두영 사장은 고개를 숙이며 회장실을 나섰다.

"어쭙잖은 놈이 딴죽을 걸었다면 아예 숨통을 끊어버려야 해."

두꺼비 같은 인상의 정태술은 무척이나 화가 난 상태였다.

그때 책상에 놓인 인터폰이 울렸다.

"뭐냐?"

정태술 회장은 수화기를 들자마자 신경질적인 반응을 보였다.

—급하게 보고 드릴 일이 있습니다.

비서실장인 양문기의 목소리였다.

"들어와."

잠시 뒤 양문기 비서실장인 문을 열고 들어왔다.

"뭔데 그래?"

피곤한 표정의 정태술이 물었다.

"누군가가 한라의 주식을 대량으로 사들이는 것 같습니다."

"그게 또 무슨 말이야?"

양문기의 말에 정태술은 짜증이 가득 섞인 말투로 되물었다.

"아직은 누가 사들이는지는 파악하지 못했습니다. 3개의 증권사 창구를 통해서 한라의 주식을 대략 4%씩, 12%를 한 달간 사들였습니다. 대량보유공시를 피하기 위해서 일부러 4%로 맞춘 것 같습니다."

주식 대량보유공시제도의 5% 규정은 상장법인 등의 발행주식을 5% 이상 새롭게 취득하는 경우나, 5% 이상 보유자가 1% 이상 지분을 사거나 팔 경우에 그리고 주식 대량보유 목적에 변경이 있는 경우 5일 이내에 금융감독위원회와 증권거래소에 보고하도록 되어 있는 제도이다.

이를 통해 경영권을 위협하는 주식 매집을 사전에 인지할 수 있었다.

"뭐? 적대적인 인수합병을 시도하는 거냐?"

"현재까지 흐름으로 볼 때 충분히 그럴 가능성이 있습니다. 그 때문에 한라의 주가가 한 달간 지속적으로 상승했습니다."

현재 한라㈜의 주가는 전달보다 2배 올라 2만 5천원을 돌파했다.

"이걸 왜 이제야 보고하는 거냐?"

정태술의 얼굴이 구겨지며 소리쳤다. 한라그룹의 핵심인 한라㈜는 늘 1만 원대에서 머물던 주식이었다.

"급속하게 주식이 상승한 것이 아니라서 그랬습니다. 한라의 매출도 견고한 상황에서 새롭게 시작한 사업이 상승효과를 내는 것으로 파악하고 있었습니다."

한라㈜는 적게는 몇백 원에서 몇천 원까지 한 달간 꾸준히 상승해왔다.

정태술도 신문을 통해서 계열사들과 한라의 주가 상승을 확인하였다.

양문기 비서실장의 말처럼 그 자신도 한라그룹의 성장세가 이제야 주가에 반영한 것으로 여겼다.

한라그룹은 한라제철에 6천 7백억을 투자해 새롭게 최신 전기로를 늘리는 작업이 진행 중이었다.

"혹시 명동 쪽 애들이 장난질하는 것 아니야?"

"그쪽은 아닌 것 같습니다. 만약 작전을 벌인 거라면 저희 쪽에 연락을 하지 않을 리가 없습니다."

정태술은 차명 주식을 통해서 작전 세력과 여러 번 계열사 주가를 조작한 적이 있었다.

"어떤 새끼들이 지랄을 떠는 거냐? 내부에 가지고 있는 돈이 얼마나 돼?"

"5백억 정도 있습니다."

"그것밖에 없어?"

"금호동과 옥수동의 재개발사업에 50억이 더 들어갔습니다."

지금까지 두 곳의 재개발사업장에 2백억을 쓴 것이다.

"범철이 하고 협의해서 총알을 만들어 놔. 하필 이럴 때 일이 터져."

김범철은 한라그룹의 재무이사로 한라그룹의 핵심인물 중 하나였다.

"얼마나 진행할까요?"

"놈들이 어떻게 나올지 모르니까, 큰 덩어리로 열 개는 되어야 하잖아. 어떤 놈이 장난질하는지도 확실히 조사해."

정태술은 어렵게 비축해 둔 내부 자금을 쓴다는 것에 기분이 언짢았다.

"예, 곧바로 진행하겠습니다."

양문기가 나가자 정태술은 머리가 지끈거렸다. 병원에 누워있는 정문호의 일로도 머리가 복잡하던 상황에서 회사 일까지 자신이 원하는 방향으로 나가지 못하고 있었다.

"후! 이거 마가 꼈나? 갑자기 일이 꼬여."

한숨을 내쉬는 정태술은 피곤한 듯 소파에 깊숙이 기대었다.

"지은이가 시간이 되나 모르겠네?"

이럴 때는 요즘 푹 빠져 있는 이지은에게 위로를 받는 것이 최고였다.

정태술과 37살이나 차이 나는 이지은은 신인 여배우로 정태술이 적극적으로 밀어주고 있었다.

그 때문인지 데뷔한 지도 얼마 되지 않은 상황에서 영화와 드라마에서 주연을 꿰차고 있었다.

Chapter 13

　조상태는 자신의 앞에 서 있는 인물이 누구인지 잘 알고
있었다.

　"어머니를 구해주셔서 정말 감사합니다. 저는 그동안 저
지른 죗값을 치른다고 생각했습니다. 이전의 일도 정말 죄
송하게 되었습니다."

　조상태는 나에게 고개를 깊숙이 숙이며 말했다. 그의 얼
굴에는 진심이 담겨 있었다.

　내가 아니었으면 조상태는 정문호와 몸담았던 조직에 의
해 가장 비참하고 고통스러운 죽임을 당했을 것이다.

"내가 왜 널 도왔다고 생각하지?"

난 조상태에게 말을 놓았지만, 그는 존댓말을 썼다.

"잘 모르겠습니다."

"난 내 가족 같은 사람을 건드리는 걸 참을 수가 없어. 더구나 정문호가 하려던 짓이 얼마나 파렴치한 일임에도 불구하고, 그를 법으로 정죄하기에는 이 나라의 법 제도가 매우 취약하지. 달리 말하자면 유전무죄 무전유죄(有錢無罪 無錢有罪)라고 말할 수 있기 때문이야."

돈 있으면 죄가 없고 돈 없으면 죄가 있다는 이 말은 대한민국 사회의 사법부와 검찰에 대한 불신에 나온 말이다.

또한 현실에서도 있는 자와 없는 자에 대한 법의 심판이 상당히 다르다는 것을 재벌에 대한 솜방망이 처벌로 보여주었다.

"정문호는 이번만이 아니라 수십 명의 여자를 불행하게 만들었지. 거기에 힘이 되어준 것이 신세계파였고."

"그 점에 대해선 할 말이 없습니다. 양아치 같은 짓이라는 걸 알았지만 제가 막을 수 있는 일이 아니었습니다. 죗값을 물으신다면 달게 받겠습니다."

조상태가 정문호의 일을 처리해 준 것은 예인이를 포함해서 3건이었다.

나머지는 정문호가 알아서 한 일이었다.

"분명 너는 죗값을 치러야 한다."

내 말에 조상태의 얼굴이 어두워졌다. 그리고 결심한 듯
입을 열었다.

"죽을 일이었다면 죽겠습니다. 다만 어머니를 보호해 주
십시오."

단호하게 말하는 조상태의 표정에는 거짓이 들어 있지
않았다.

"그 결심에 거짓이 없다면 내가 너의 목숨을 담보로 일을
진행해도 되겠군."

"무슨 말씀이십니까?"

조상태는 내 말에 두 눈이 커지며 물었다.

"난 정문호의 방패막이가 되고 있는 한라그룹과 신세계
파를 응징하려고 한다. 조상태, 네가 그 일에 선봉이 되어
주었으면 한다."

"제가 뭘 어떻게……."

"네가 신세계파를 접수하면 돼."

내 말에 놀란 조상태는 입이 벌어졌지만, 말은 하지 않은
채 놀란 눈만 껌뻑거렸다.

"내가 너에게 자금을 지원할 것이다. 그 돈으로 신세계파
에 대항할 새로운 조직을 만들어."

범죄 조직인 신세계파와의 싸움에 초창기의 러시아처럼

내가 전면에 나설 수는 없었다.

이젠 거대 기업을 이끄는 총수였고, 챙겨야 할 직원들이 만여 명에 달했다.

조상태를 조사하는 과정에서 그가 자신의 부하들에게 인정을 받고 있다는 걸 알게 되었다.

도망 중에도 조상태에게 도움을 준 조직의 인물들이 적지 않았다. 평소 욕심을 부리지 않고 가진 것을 아낌없이 나누어주고 솔선수범한 것이 원인이었다.

"신세계파는 전국구 조직입니다. 어쭙잖은 올챙이들을 모아봤자 대항할 수 없습니다. 더구나 신세계파에서 운영하는 암살단은 일반적인 조직이 아닙니다."

"암살단은 내가 처리해 주지. 나머지는 네가 전적으로 맡아서 처리하면 돼. 신세계파가 사라져야만 너의 어머니와 네가 안전해질 테니까. 더구나 신세계파가 사라지길 원하는 인물들이 적지 않을 것이다. 그들을 하나로 모으고 다른 경쟁 조직들도 이용을 한다면 아주 어려운 일도 아닐 수가 있지."

신세계파에게 적개심을 품고 있는 중소 조직들도 적지 않았다. 신세계파를 이끄는 김욱은 수단과 방법을 가리지 않고 조직을 키웠고 그러는 와중에 많은 적을 만들어냈다.

"어머니를 확실히 보호해 주십시오."

"물론. 어머니는 걱정하지 않아도 돼. 우린 너를 돕기 위해 자금과 함께 신세계파에 관한 많은 정보를 제공할 것이다."

"알겠습니다. 제가 목숨을 걸고 신세계파를 무너뜨리겠습니다."

결심이 섰는지 조상태는 내가 원하는 대답을 했다.

"앞에 놓인 테이블 위에 있는 통장과 메모지를 가져가라."

내 말에 조상태는 통장을 집어 들었다.

"통장에 10억이 들어 있다. 자금이 더 필요하면 메모지에 적힌 번호로 전화하면 된다. 신세계파는 박재동이 사라졌기 때문에 당분간 내부 정리가 있을 것이다. 그러는 사이에 사람들을 모아."

신세계파의 행동대장이었던 박재동은 조직의 핵심 인물 중 하나였다.

박재동과 조상태가 조직에서 사라진 지금 신세계파는 내부 교통정리가 필요할 수밖에 없었다.

더구나 금호동과 옥수동 재개발사업에도 상당수의 조직원들이 동원된 상태였다.

'음, 모든 꿰뚫고 있구나…….'

"예, 알겠습니다. 제 목숨은 이젠 제 것이 아니니까요."

조상태는 자신에게 새로운 기회를 열어준 내게 모든 걸 걸기로 마음먹은 것 같았다.

위기는 곧 기회다. 그리고 그 기회가 지금 조상태에게 찾아왔다.

*　　　　*　　　　*

금호 5지구 재개발 조합 사무실은 소란스러웠다.

"이것 좀 봐. 여기 내가 다시 평가받은 금액은 1억 6천이잖아. 조합에서 보낸 평가금액은 1억 3천이고. 왜 이렇게 평가금액이 차이가 나는 거냐고?"

30대 초반으로 보이는 인물이 크게 소리치며 말했다.

"이걸 어디서 받으셨는데요?"

조합에서 근무하는 여직원이 되물었다.

"강남에 있는 중앙감정평가법인에서 내가 직접 의뢰해서 받은 거야!"

중앙감정평가법인은 대형 법인에 속하는 감정평가법인이었다. 재개발 조합에서 감정평가를 의뢰한 중소 법인보다 큰 회사였다.

"왜 그런 거야?"

뒤에서 일을 보던 총무이사가 앞으로 나오면서 여직원에

게 물었다.

"조합원님께서 평가금액이 잘못됐다면서 직접 건물, 토지를 다른 곳에서 평가받으셨대요."

총무이사는 조합 사무실로 찾아온 30대 남자를 위아래로 훑어보았다. 양복을 말쑥하게 차려입은 사내의 모습은 지역 내에 거주하는 주민들과는 달라 보였다.

"아, 그러셨어요. 이리로 들어가셔서 말씀하시죠."

총무이사는 회의실로 쓰이는 방으로 사내를 안내했다.

조합에서 보낸 평가서의 문제로 조합 사무실을 찾아온 조합원이 벌써 오늘만 네 번째였다.

찾아온 인물들 모두 금호동에 거주하는 인물들이 아니었다. 그들 모두 대형감정평가법인에서 가져온 평가 서류를 바탕으로 조합을 고소하겠다고 말했었다.

조합 사무실에서 조합장을 비롯하여 다섯 명의 핵심 이사들과 시공사인 한라건설 관계자가 긴급회의에 참여했다.

"평가금액을 다시 조정해야겠습니다. 이대로 가다가는 제가 경찰 조사를 받을 것 같습니다."

조합장은 총무이사의 보고를 심각하게 받아들였다. 현재도 조합을 상대로 고소와 소송이 12건이 진행 중이었다.

오늘도 새롭게 고소 건이 접수되었다는 성동경찰서의 연

락을 받았다.

"조합장이 힘드시다는 것은 저희도 압니다. 하지만 지금 시점에 평가금액을 조정하는 것은 공사금액도 문제지만 여기 계신 분들에게 돌아가는 이익도 상당 부분 줄어들게 됩니다."

2천 가구가 넘는 금호 5지구에서 적게는 1천만 원에서 많게는 3천만 원까지 평가금액의 차이를 통해서 조합과 한라건설사가 이익을 배분하기로 했다.

더불어서 혹시 모르는 추가 비용을 대비한 예비비 형태로도 사용할 비자금이기도 했다.

1천만 원으로 쳐도 2백억에 달하는 큰 금액이었다.

"그러면 이의를 제기한 조합원들만이라도 평가금액을 조정하는 것이 어떻습니까?"

옆에 있던 재무이사가 말을 꺼냈다. 하지만 문제는 재개발 조합원 중 상당수가 이의를 제기한 상황이었다.

"기존 평가가 달라지면 지금의 공사비로는 저희도 일하기가 힘듭니다. 말씀드린 대로 금호동과 옥수동에 쓴 돈만 2백억에 이릅니다. 조합장님을 당선시키는 데도 상당한 돈이 들어갔고요."

현 금호 6지구 조합장인 조기동을 조합장 선거에서 조합장으로 선출시키기 위해 한라건설은 20억을 썼다.

다른 지구의 조합장들도 한라건설의 돈으로 조합장에 선출된 인물들이 대다수였다.

"그건 아는데, 평가서를 이렇게 가지고 와서 따지는 사람들에게 어떻게 대응합니까?"

조합장은 대형 감정평가법인들에서 받은 감정평가서들을 한라건설 관계자에게 내밀었다.

"조합에서 수용하지 않으시면 되잖습니까? 시간을 끌면 사람들은 지칩니다. 이런 거로 소송을 걸면 변호사 비용만 깨지고요."

"허허! 지금 조합원들이 이것뿐만 아니라 조합 설립에 관해서도 문제를 제기하고 있어요. 조합원 중 몇몇이 모여서 서초동에서 유명한 전문 변호사를 수임했다는 소리도 있고요. 조합에서 선임한 변호사도 소송으로 가게 되면 유리할 게 없다고 말한다니까."

"알겠습니다. 지금 제가 결정할 문제가 아닌 것 같습니다. 제가 본사와 협의한 후에 다시 말씀을 나누시지요. 그리고 자체적으로 평가서를 가져온 사람들만 그 금액을 인정해 주십시오. 조합원 모두가 평가를 다시 받는 게 아니잖습니까?"

"하여간 우리도 최대한 협조를 할 테니까 한라건설에서 방법을 찾아줘요. 이렇게 하다가는 조합원들이 이주도 하기 전에 조합이 깨질 것 같다니까."

조합장인 조기동은 솔직히 겁이 났다. 금호 3지구 조합
장과 성동구청 건축과 직원은 이미 경찰에 출석해 조사를
받고 있었다.

아직은 검찰이 움직이고 있지 않지만 이러다가 제대로
해먹지도 못하고 콩밥을 먹게 되는 일이 발생할지도 모르
는 일이었다.

조기동의 염려처럼 금호동과 옥수동 일대의 조합들도 다
른 지역의 재개발사업장과 달리 조합원들에 의한 고소·고
발이 줄지어 이어지고 있었고, 관련 기관에도 진성서가 날
아들었다.

Chapter 14

　강호와 신구를 오랜만에 만났다.

　두 사람 다 이젠 비전전자에서 과장 직급을 달고 있었다.
10월에 과장 대우의 꼬리표를 완전히 떼어 버렸다.

　비전전자의 지분을 10%씩 가진 두 사람을 더 높은 직급
으로 올려주고 싶어도 아직은 그에 걸맞은 능력과 경험이
뒷받침되지 못했다.

　현실에 맞게 직급을 준다면 아직 대리의 직급에도 올라
갈 수 없었다. 현재의 과장도 창업 동기이자, 회사 지분을
가진 동업자였기에 그 위치에 갈 수 있었다.

앞으로 경험과 실력이 쌓이게 되면 비전전자를 두 사람에게 맡길 생각이다.

"여기 비싼 곳 같은데?"

강호가 미향이라는 한정식집을 둘러보며 말했다. 고풍스러운 옛 한옥의 외부는 그대로 살리고 내부를 현대식으로 리모델링해서 만든 곳이다.

신선한 재료와 각 지역의 특산물로 이용해서 만든 정갈하고 깊은 맛으로 많은 사람이 찾는 명소였다.

주로 한국을 찾는 관광객과 명사들이 주 단골이었고, 기업을 운영하는 회사 대표들도 자주 찾는 장소이기도 했다.

그러다 보니 가격은 일반 한정식집보다도 비쌌다.

"우린 비싼 곳에서 식사하면 안되냐?"

"그건 아닌데. 이런 곳은 처음이라서."

강호의 말처럼 일반 직장인이 찾기에는 부담될 수 있는 가격이었다.

"와! 한옥을 이렇게도 할 수 있구나."

멋들어진 내부에 신구 또한 감탄사를 내뱉으며 말했다. 실내에 설치된 장식물들과 시설들도 최고급 호텔에서도 볼 수 있는 것들이었다.

예약한 특실로 이동하는 동안 두 사람은 연신 주변을 둘러보며 감탄을 했다.

미향의 특실은 가장 안쪽에 있는 장소로 잘 가꾸어진 정원과 연못을 감상할 수 있었다.

2개의 특실에는 별도의 대실료가 붙었다. 그만큼 주변 풍경이 아름답고 멋들어졌다.

"우아! 죽이네."

"야아! 누가 이런 데서 밥을 먹나 했는데, 바로 우리였네."

두 사람 다 입을 벌려 특실 내부의 고급스러움과 아름답게 가꾸어진 정원의 아름다움에 놀라고 있었다.

"자자! 앉아서 감상해라. 어디 촌에서 올라온 것 같다."

음식을 주문하기 위해서는 두 사람을 진정시켜야만 했다.

"태수가 출세하니까, 덩달아서 우리도 출세한 것 같다."

신구가 자리에 앉으면서 말했다. 두 사람은 내가 어느 정도의 위치에까지 올라섰는지는 정확히 몰랐다.

러시아와 국내에서 운영하는 사업체들을 모두 말한다면 두 사람에게 자칫 위화감을 줄 수 있었다.

이전처럼 편하게 두 사람을 대하고 싶었고 두 친구에게 나 또한 그런 대접을 받고 싶었다.

"공직에 나가는 것도 아닌데 출세라는 말은 좀 그렇지 않냐?"

"그래도 내 주변에 태수처럼 성공한 친구가 있으니까 얼마나 든든한지 몰라."

강호는 새로운 곳을 경험한다는 것이 좋은지 얼굴이 웃

음이 가득했다.

"내 말이 그런 뜻이지. 태수가 아니었으면 이런 곳에 올 수도 없었잖아. 아니 있는지도 몰랐을 거다."

"내가 시간이 되면 다른 곳도 데려가 줄게. 자, 뭐 먹을지 골라봐라."

종업원이 가져다준 메뉴판을 두 사람에게 내밀었다.

"이거 뭐냐? 야! 정말 더럽게 비싸네."

"허! 이걸 어떻게 사 먹냐?"

두 사람 다 누구라고 할 것 없이 놀란 모습으로 말했다.

그도 그럴 것이 정식 코스로 나오는 미향의 제일 싼 코스가 인당 15만 원이었다.

강호와 신구는 눈치만 보며 선뜻 주문을 하지 못했다.

"안 되겠다. 그냥 내가 시켜야겠네."

메뉴를 결정한 나는 테이블에 올려진 작은 종을 쳤다.

그러자 밖에서 대기하던 담당 여직원이 들어왔다. 특실에는 이곳을 전담하는 여직원이 별도로 딸려 있었다.

"미향 특선 코스하고 술은 솔송주로 주십시오."

인당 30만 원의 가장 비싼 코스로 주문했다. 술까지 합하면 백만 원이 훌쩍 넘어버리는 식사였다.

"예, 곧바로 준비해 드리겠습니다."

"어이, 친구. 돈을 잘 벌어도 너무 무리하는 것 아니냐?"

신구가 종업원이 나가자마자 입을 열었다.

"너희를 위해서라면 좀 무리해도 된다."

"역시! 강태수가 통이 커. 나 같았으면 어림도 없지."

옆에 있던 강호가 너스레를 떨며 말했다. 사실 백만 원이 넘는 식사를 거리낌 없이 친구에게 사줄 사람은 별로 없었다.

더구나 아직도 대한민국의 평균급여가 백만 원이 되지 않는 시대였다.

노동부가 발표한 국내 전 산업 근로자의 1인당 월평균 임금총액은 97만 5천 원이었다.

97만 5천 원은 기본급과 시간외수당, 상여금, 성과급 등을 모두 합한 금액이다.

94년 전반기가 되어서야 백만 원 시대에 돌입했다.

"그렇다고 매번 이렇게 먹을 수 있는 것은 아니다."

"그거야 알지. 하여간에 고맙다. 태수, 네 덕분에 이런 고급스러운 요리도 먹어보고."

신구가 나에게 고마움을 표했다.

"열심히 하라고 사주는 거야. 요즘 회사 일은 어떠냐?"

"눈코 뜰 때 없이 바쁘지. 납품 관련 서류작성부터 시작해서 조립상태 점검하랴, 밑에 직원 교육하랴. 정말이지 시간이 어떻게 가는지 모르겠다."

신구의 말처럼 직책이 올라간 만큼 책임과 일거리가 더

늘어난 상황이었다.

신구와 강호 밑으로 각각 5~6명의 직원이 딸려 있었다.

"밑에 직원들과는 관계는 어떠냐?"

나이에 비해 직급이 높은 두 사람 밑에 있는 직원들 대다수가 강호와 신구보다 나이가 많았다.

"후! 그게 좀 힘들다. 나이가 많은 사람에게 일을 시킨다는 게 쉽지 않더라고. 요새 내가 눈치를 본다니까."

강호가 한숨을 내쉬며 말했다.

"그냥 시키는 대로 일할 때가 편하고 좋았지?"

"그래, 네 말이 맞다. 내가 일정을 잡고서 그에 맞춰서 일을 분배하는 것도 힘이 들더라니까. 공평하게 일을 나눠준 것 같은데도 불만을 토로하니까 말이야."

"그게 하나의 부서를 책임지고 이끌어 가는 사람이 당연히 겪는 일이자, 경험이다. 부하 직원에게 나이가 어리다고 얕보이지 않으려면 실력을 갖추고 있어야 한다. 또한 그에 걸맞은 아량과 리더십도 갖추어야 하고."

"후! 그게 말처럼 쉽지 않더라고. 이전부터 느끼고 있는 부분이긴 했지만 네가 어떻게 그 많은 사람들을 이끌고 나가는지 불가사의하다니까."

강호가 의구심을 갖는 것도 무리가 아니었다.

일과 사회생활에서는 능력도 중요했지만, 시간을 통해서

얻어지는 값진 경험도 필요했다.

사회생활을 처음 하는 두 사람에게는 아직 그만한 경험과 연륜이 없었다.

'음, 두 사람을 위해서라도 그룹 내에 교육센터가 필요하겠어…….'

앞으로 회사가 점점 커질수록 더 많은 사람들이 입사를 할 것이고 그에 따른 승진도 이루어질 것이다.

하지만 회사별로 직급에 따른 업무와 관계에 대한 교육이 전혀 없었다.

본인 스스로가 알아서 업무를 파악하고 일을 진행해 나가야만 했다. 강호나 신구처럼 어린 나이에 부서장이 되었을 때는 부담감과 늘어난 업무량으로 인해 어려움이 더 있을 것이라는 생각이 들었다.

더구나 빠르게 변화하는 근무 환경과 사회 변화에 적응하지 못하는 부서장들도 있을 것이 분명했다.

그들 중에는 회사에 점차 보급되고 있는 컴퓨터를 다루는 것이 서툴거나 아예 다루지 못하는 인물들도 많았다.

"하하! 두 사람 때문에 회사에 뭐가 필요한지 알게 됐다. 오늘 밥값 좀 했는데."

뜻을 알 수 없는 내 말에 강호와 신구는 멀뚱히 날 바라보기만 했다.

때마침 식사가 나오지 않았다면 날 이상한 놈이라 생각하고 계속 바라보기만 했을 것이다.

*   *   *

한라㈜의 주가는 연일 상승세를 이어갔다.

증권가에서는 한라그룹을 적대적으로 인수하려는 움직임을 보이는 세력이 있다는 소문이 퍼졌다.

2만 5천 원에서 잠시 주춤하던 한라의 주가도 어느새 3만 원을 훌쩍 돌파하고 있었다.

그러자 관망세로 일관하던 기관과 개인 투자자들이 가세하면서 주가를 더욱 높게 올리고 있었다.

그러자 한라그룹의 비서실 또한 바빠졌다.

한라그룹은 생각했던 것보다 주식 수량을 많이 늘리지 못했다.

"얼마나 돼?"

"4% 정도 매집했습니다. 개미들이 따라붙어서 주가가 예상보다 많이 상승했습니다."

양문기 비서실장의 말에 담당 직원이 말했다.

"후! 적어도 5%는 넘어야 하는데."

"놈들은 어떻게 됐어?"

"그쪽은 3% 정도 더 모은 것 같습니다."

"그럼 15%나 되는 거네."

"예, 저희가 20%입니다."

"안심할 수 없어. 이놈들이 얼마나 우호지분을 확보했는지 모르잖아. 적어도 25% 돼야 안심할 수 있어."

"자금이 부족합니다."

"후! 천억이 순식간에 나가 버렸으니. 회장님께 보고하고 나서 다음으로 넘어가자."

양문기는 절로 한숨이 나왔다. 적어도 5%는 더 확보할 수 있다고 여겼지만, 상황은 그렇지 못했다.

*　　　*　　　*

직원들의 휴양 시설과 교육 시설을 건립하기 위해서 곧바로 서울 근교의 부지를 알아보았다.

후보지는 청평과 가평으로 좁혀졌고, 두 군데 후보지에 각각 휴양 시설과 교육 시설을 짓기로 결정했다.

한편으로 제주도에도 직원들의 휴양 시설을 별도로 마련하기로 했다.

아직까지 제주도의 땅값은 그리 비싼 편이 아니었고, 직원들에게 보다 많은 혜택을 주고 싶었다.

내년에 곧바로 공사를 진행할 계획으로 부지매입과 건설 비용으로 1천 7백억 원의 예산을 잡았다.

이 모든 비용은 한라㈜의 주식 매입에서 얻어진 이익으로 충당할 생각이었다.

"얼마나 모았습니까?"

"15.5%입니다. 한라의 주가가 4만 원에 육박하고 있습니다."

김동진 실장의 보고였다. 4일 연속 상한가에 들어가자 어느새 주가는 4만 원에 이르렀다.

증권사마다 충분히 5만 원을 넘어설 수 있다는 예측을 내어놓고 있었다.

"화려하게 불꽃이 피어났네요. 이제 슬슬 발을 빼도록 하시지요."

"예, 이 정도면 충분할 것 같습니다. 주가가 상승하자 몇 개의 작전 세력도 한라에 들어온 것 같습니다. 다음 대상인 한라건설로 옮겨가겠습니다."

네 군데 창구를 통해서 매집한 한라㈜의 주식 평균 매입 단가는 1만 3천 원대였다.

지금 주식을 판다면 3배에 가까운 이익을 낼 수 있었다.

한라그룹도 상당한 돈을 한라의 주식매입에 쏟아부었다. 한라는 대주주의 주가 변동에 따른 공시를 통해서 4%의 주식을 추가로 매입했다고 발표했다.

한라그룹은 적대적인 인수합병에 대비하기 위해서라도 현재의 주가에서 가격이 아래로 떨어지더라도 섣불리 팔 수 없었다.

"그리고 발을 빼기 전에 주주 제안권을 슬쩍 흘리도록 하세요."

적대적 인수·합병을 위한 법적 절차로서의 신호탄이 주주 제안권의 행사이다.

주주 제안권은 어떠한 사항을 주주총회의 안건으로 상정하자고 요구하는 것으로 주로 이사 선임이 목적이다.

일반 주식회사는 발행주식 총수의 100분의 3 이상에 해당하는 주식을 가진 주주가 요청할 수 있다.

상장회사는 1% 이상의 지분권자, 자본금 천억 원 이상의 상장회사는 0.5% 지분권자여야만 하며, 상장회사는 해당 지분을 6개월 이상 보유하고 있어야 한다. 하지만 상장회사라도 3% 이상 지분이 있다면 굳이 6개월간 보유할 필요는 없다.

"예, 알겠습니다. 담당자들이 머리가 꽤 아플 것입니다."

"시원하게 흔들어보십시오. 한라건설의 자금줄을 아예 막아버려야 합니다."

"예, 좋은 결과를 가져오겠습니다."

이미 한라건설도 소빈뱅크를 통해서 주식을 야금야금 매

입하고 있었다.

한라그룹이 보유한 자금과 현금동원 능력이 어느 정도인지는 알 수 없지만 소빈뱅크를 당할 수는 없었다.

* * *

"어휴! 머리야. 일을 그렇게밖에 처리 못 해?"

보고를 받는 정태술 회장은 이마에 손을 올리며 말했다.

"죄송합니다. 기관과 개미들이 달라붙어서……."

양문기 비서실장은 궁색한 변명을 할 수밖에 없었다.

"그걸 말이라고 하는 거야? 그런 것까지 예상하고 일을 진행해야 하잖아. 머리는 폼으로 달고 다니는 거야?!"

정태술은 생각할수록 열이 뻗쳤다.

"면목없습니다."

양문기는 머리를 숙일 수밖에 없었다.

"문제는 저쪽에서 주주 제안권을 행사하려는 움직임이 보인다는 것입니다."

재무이사인 김범철의 말이었다.

"아 정말! 어떤 새끼들인지 아직도 몰라?"

"한라 주식을 매입한 곳 중 하나가 러시아 은행인 소빈뱅크였습니다."

정문술의 말에 양문기가 재빨리 대답했다. 회장실에 들어오기 전에 알아낸 정보였다.

"러시아 새끼들이 왜 한라를 노려?"

툭 튀어나온 정문술의 눈이 커지면서 물었다. 한라그룹은 러시아와 연관된 사업이 특별한 게 없었다.

"저도 그 점이 이상합니다. 소빈뱅크가 투자은행이기는 하지만 한국에 들어와서도 그다지 활발한 움직임은 없었습니다."

"아! 정말, 머리 아프게 하네. 주주 제안권이 행사되면 어떻게 되는 거야?"

"주주 제안의 목적은 대부분 자신이 원하는 후보를 임원으로 선임하기 위해서 진행합니다."

김범철이 조심스럽게 대답했다.

"그럼 이놈들의 목적이 확실한 것 아냐?"

"예, 적대적인 M&A를 노리는 것입니다. 양 실장의 말처럼 추가로 주식을 매집해야 할 것 같습니다."

"이 새끼들 때문에 깨지는 돈이 도대체 얼마냐? 추가로 얼마나 더 사들여야 할 것 같은데?"

"우호지분을 염두에 두더라도 25% 되어야 안심할 수 있습니다."

양문기는 비서실에서 검토한 상황을 전달했다.

"그럼 얼마나 돈이 필요한 거야?"

"현재 주가가 41,200원입니다. 그에 맞추면 이천억은 있어야 할 것 같습니다."

"개새끼들이 정말! 후, 가능해?"

정태술은 김범철의 말에 강한 분노를 표출했다.

"자금이 들어간 곳이 많아서 담보를 잡혀야 할 것 같습니다."

"후! 알았어. 내가 별도로 5백억을 줄 테니까. 나머지는 네가 알아서 처리해."

김범철 재무이사의 말에 정태술은 한숨을 내쉬었다. 드디어 정태술이 별도로 관리하는 비자금이 나올 수밖에 없었다.

"예, 현재 주가가 높으니까. 이걸 잘만 이용하면 수익도 낼 수 있습니다."

"하여간에 실수 없이 진행하고… 개미들에게 다 넘겨 버리든지 해서라도 손해가 없도록 해."

양문기의 말에 조금은 화가 가라앉았지만, 기분이 영 더러웠다.

"예, 실수 없이 진행하겠습니다."

두 사람이 회장실을 나가자마자 정태술은 창밖으로 보이는 소빈뱅크를 바라보았다.

"빌빌한 러시아 놈들이 뭘 바라는 거지?"

정태술은 이해가 되지 않았다. 정치와 경제의 혼란으로 국가부도 사태나 마찬가지라는 러시아의 상황이 연일 신문에 오르내리고 있었다.

그런 러시아에 적을 둔 이름 없는 은행이 한라그룹을 넘본다는 게 정말 이상했다.

"음, 러시아 놈들이 아니라 다른 놈이 뒤에 있는 것 같은데. 하여간에 날 건드린 놈은 반드시 찾아내어 뼈마디를 다 분질러서 갈아 마셔 버릴 거니까……."

정태술은 이를 갈며 적대감이 가득한 눈으로 소빈뱅크가 입주해 있는 건물을 한동안 뚫어지게 쳐다보았다.

*   *   *

밤새 눈이 내렸다.

그 때문인지 한동안 집안에만 있던 예인이가 외출을 준비했다.

"잘 에스코트해, 맛있는 것도 사주고."

"걱정하지 마. 옆에서 1㎝도 떨어지지 않을 테니까. 너도 같이 가면 좋을 텐데."

가인이는 나에게 당부하듯 말했다. 예인이의 기분을 풀어주기 위해서 뮤지컬인 캣츠를 관람하기로 했다.

예인이는 그 날 이후 약간의 외상 후 스트레스 장애를 겪었다.

외상 후 스트레스 장애는 생명을 위협할 정도의 극심한 스트레스(정신적 외상)이나 충격적인 사건을 직간접적으로 경험한 후 발생할 수 있는 정신 신체 증상들이었다.

정신적 외상이란 충격적이거나 두려운 사건을 당하거나 목격하는 것을 말한다.

예인이는 누구보다 강한 아이였지만 속은 여리고 여린 여자일 뿐이었다.

"해야 할 일이 많아. 아버님 친구분들이 오신다고 해서 어머님하고 음식도 만들어야 해."

가인이는 결혼도 하지 않았는데도 어머니의 일손을 자주 도왔다.

그런 가인이를 어머니는 무척 예뻐했고, 집으로 찾아오는 친구분들이나 친척들에게 예비며느리라고 자랑스럽게 소개했다.

"벌써부터 시집살이를 하는 거 아냐?"

"내가 좋아서 하는 거야. 어머니한테 요리도 배우고 아주 좋아."

밝게 웃으면서 가인이의 말이 고마웠다.

"그래 내가 예인이의 기분을 꼭 풀어줄게."

"오빠만 믿어. 예인이도 오빠 말만 따르니까."

가인이의 말처럼 예인이는 그 사건이 있었던 후부터 더욱 나에게 의지하는 경향을 보였다.

가인이와 이야기를 나누는 사이 예인이가 자신의 방에서 나왔다.

캣츠가 공영 중인 세종문화회관에 도착하는 동안 예인이는 별다른 말이 없었다.

이전보다도 말이 많이 없어진 모습이었다.

"춥지 않아?"

"아니, 괜찮아. 신경 많이 써줘서 고마워."

"고맙긴, 당연히 그래야지. 어서 들어가자. 공연시간 얼마 남지 않았다."

크리스마스가 다가오는 연말이라서 그런지 공연장에는 사람들로 북적거렸다.

우리는 공연장 안내원의 안내를 받으며 VIP 좌석으로 향했다.

미국 브로드웨이에서 공영 중인 캣츠 오리지널 팀이 방문한 공연이었다. 뮤지컬을 좋아하는 예인이가 보고 싶어 했던 공연이기도 했다.

공연이 시작되자 사람들은 숨을 죽이고 무대 위를 쳐다

보았다.

무대 위로는 고양이의 세계가 완벽하게 구현되어 있었다. 조명이 바뀌자 고양이로 분장한 배우들이 하나둘 모습을 드러내며 자신을 소개하면서 뮤지컬이 시작되었다.

나와 예인이는 처음부터 공연에 빠져들었다. 2부가 시작되면서 늙고 외로운 고양이인 그리자벨라가 부른 캣츠의 대표곡인 메모리가 공연장에 울려 퍼졌다.

"아무런 소리 들리지 않는 고요한 이 밤거리

…

내게로 와 줘…

우리가 함께 지내며 느낄 수 있었던

찬란했던 지난날들의

그 추억을 다시 한 번 느껴보고 싶어.

우리가 서로 곁에 있을 수만 있다면

우린 다시 행복해질 수 있을 거야.

지난날의 그 시절처럼…….

자, 우리 다시 시작하는 거야."

노래가 끝났을 때쯤 슬쩍 예인이의 모습을 살폈다.

예인이의 눈가가 촉촉이 젖어 있었다.

그 눈물이 무엇을 말하는지 몰랐다.

다시금 무대로 눈을 돌렸을 때 예인이가 젖은 눈으로 날 바라보았다.

'날 동정 어린 눈으로 보지 말아요……. 날 사랑하는 게 힘들다는 거 알아요. 그래서 더 견디기 힘들어요……. 시간이 흐르면 모든 것이 지나갈까요? 아니면 이 떨림과 아픔만 더 커질까요? 포기하면 그 순간이 바로 끝이 날 텐데…….'

"언제쯤 내 마음이 당신에게 닿을 수 있을까……."

순간 예인이는 자신도 모르게 나지막이 읊조렸다.

"어, 뭐라고?"

예인이가 나에게 뭐하고 한 것 같았다.

"아니야, 너무 재미있다고."

예인이는 공연 중이라 조용히 말을 했다.

"어, 그래."

밝게 웃는 예인이의 얼굴에 기분이 한결 편해졌다.

'후후! 많이 감동했나 보네.'

예인이의 말로 인해서 난 편안히 공연을 볼 수 있었다.

오랫동안 브로드웨이에서 공연해 온 오리지널 팀답게 처음부터 마지막까지 재미와 감동을 한껏 선사해 주었다.

"역시 오리지널 팀이라서 그런지 배우들이 정말 고양이 같지 않았니?"

"어, 정말 다들 연기가 뛰어나더라."

"예인이 덕분에 좋은 공연 봤다."

"내가 뭘. 오빠가 예매한 거잖아."

"네가 말해주지 않았다면 몰랐을 텐데? 앞으로 뮤지컬을 많이 좀 봐야겠어. 좋은 작품 있으면 꼭 이야기해야 해."

지금까지 뮤지컬을 본 적이 없었다. 아니 이전의 삶에는 그럴 여유와 돈이 없었다.

"그럴게. 공연 보여줘서 고마워."

"앞으로 뭐든지 말만 해라. 예인이가 원하는 건 이 오빠가 뭐든지 들어줄 테니까."

"정말이야?"

"그……."

그때였다.

"태수 씨?!"

뒤쪽에서 내 이름을 부르는 소리가 들렸다. 뒤를 돌아보자 그곳에는 놀란 눈을 한 이수진이 서 있었다.

『변혁1990』 23권에 계속…

초대형 24시 만화방

신간 100%, 샤워실, 흡연실, 수면실(침대석), 커플석, 세탁기 완비

▪ 시흥 정왕25시점 ▪

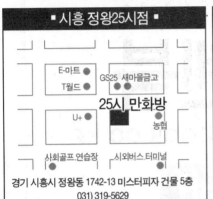

경기 시흥시 정왕동 1742-13 미스터피자 건물 5층
031) 319-5629

▪ 강북 노원역점 ▪

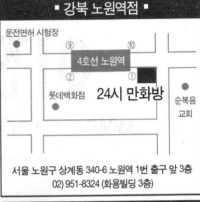

서울 노원구 상계동 340-6 노원역 1번 출구 앞 3층
02) 951-8324 (화용빌딩 3층)

▪ 일산 정발산역점 ▪

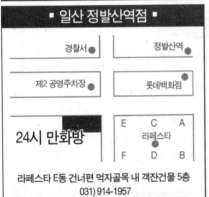

라페스타 E동 건너편 먹자골목 내 객잔건물 5층
031) 914-1957

▪ 일산 화정역점 ▪

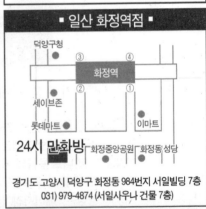

경기도 고양시 덕양구 화정동 984번지 서일빌딩 7층
031) 979-4874 (서일사우나 건물 7층)

▪ 부천 역곡역점 ▪

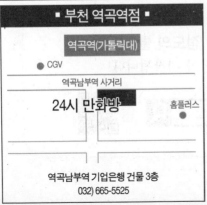

역곡남부역 기업은행 건물 3층
032) 665-5525

▪ 부평역점 ▪

(구) 진선미 예식장 뒤 한신포차 건물 10층
032) 522-2871

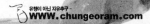

FUSION FANTASTIC STORY

김대산 장편소설

완빵거지

2년 차 대한민국 취업 준비생 김철민.

친척 하나 없는 사고무친의 처지로 앞날이 막막하기만 하던 어느 날,
우연치 않게 산 로또가 1등에 당첨된다.
아니, 그가 1등에 당첨되도록 만들었다.

혼자만의 상상으로만 해왔던 이상한 놀이
'시거'가 현실로 이루어진 것이다.

졸부(猝富), 그리고 '시거'와 함께
또 하나의 이상한 현상인 '슬비'가 더해지면서,

그의 일상은 이윽고
예측할 수 없는 격변 속으로 빠져든다.

Book Publishing CHUNGEORAM

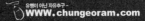

유행이 아닌 자유추구 -
WWW.chungeoram.com

이모탈 퓨전 판타지 소설
FUSION FANTASTIC STORY

용병들의 대지
Road of Mercenaries

이 세계엔 3개의 성역이 존재한다.
기사들의 성역, 에퀘스.
마법사들의 성역, 바벨의 탑.
그리고… 그들의 끊임없는 견제 속에 탄생하지 못한

『용병들의 대지』

전쟁터의 가장 밑을 뒹굴던 하급 용병 아론은
이차원의 자신을 살해하고 최강을 노릴 힘을 가지게 된다.

그의 앞으로 찾아온 새로운 인생!
아론은 전설로만 전해지던
용병들의 대지를 실현시킬 수 있을 것인가!

Book Publishing CHUNGEORAM

FUSION FANTASTIC STORY

텀블러 장편소설

현대
천마록

천하를 호령하고 전 무림을 통합한
일월신교의 교주 천하랑.
사람들은 그를 천마, 혹은 혈마대제라고 불렀다.

『현대 천마록』

무공의 끝은 불로불사가 되는 것이라 생각했지만
그로서도 자연의 섭리 앞에선 어쩔 수 없었다!

'그렇게 많은 피를 흘렸음에도 불구하고
죽을 때가 되니 남는 것이 없군그래.'

거듭된 고련 끝에 천하랑의 영혼이
존재하지 않게 된 그 순간
그의 영혼은 현세에서 천마로서 눈을 뜬다!

Book Publishing CHUNGEORAM

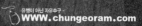

유행이 아닌 자유추구 -
WWW.chungeoram.com